思考的纹章学

BLASON DES PENSÉES

[日] 涩泽龙彦 著

刘佳宁 译

GUANGXI NORMAL UNIVERSITY PRESS

广西师范大学出版社

· 桂林 ·

SIKAO DE WENZHANGXUE
思考的纹章学

思考の紋章学
Shikou no monshogaku
By Tatsuhiko Shibusawa
Copyright © 2007 Ryuko Shibusawa
All rights reserved.
First published in Japan in 2007 by KAWADE SHOBO SHINSHA
Ltd. Publishers
Simplified Chinese translation rights arranged with KAWADE
SHOBO SHINSHA Ltd. Publishers
through CREEK & RIVER Co., Ltd. and CREEK & RIVER
SHANGHAI Co., Ltd.
著作权合同登记号桂图登字：20-2021-300 号

图书在版编目（CIP）数据

思考的纹章学 ／ （日）涩泽龙彦著；刘佳宁译. —桂林：
广西师范大学出版社，2022.1（2023.1 重印）
ISBN 978-7-5598-4319-7

Ⅰ. ①思… Ⅱ. ①涩… ②刘… Ⅲ. ①随笔—作品集—
日本—现代 Ⅳ. ①I313.65

中国版本图书馆 CIP 数据核字（2021）第 200940 号

广西师范大学出版社出版发行

（广西桂林市五里店路 9 号　　邮政编码：541004）
（网址：http://www.bbtpress.com）
出版人：黄轩庄
全国新华书店经销
北京盛通印刷股份有限公司印刷
（北京经济技术开发区经海三路 18 号　邮政编码：100176）
开本：787mm × 1 092mm　1/32
印张：7.125　　字数：122 千字
2022 年 1 月第 1 版　　2023 年 1 月第 2 次印刷
定价：56.00 元

如发现印装质量问题，影响阅读，请与出版社发行部门联系调换。

目 录

洋灯旋转

三岛由纪夫曾援引柳田国男的《远野物语》中的一节，来探讨某种让幽灵这种非现实的存在成为现实的力量（《小说是什么》[①] 所收），对此我自那时以来便想提出一些异议。记得在三岛生前我也曾向他提及此事，但当时话不投机也只能无奈中途作罢。在他本人已去了幽冥的现在来重温这个幽灵谈，说奇妙也很奇妙，不过三岛大概只会在幽冥苦笑，是万不可能蓄意化作幽灵出现在这世上的。

　　篇幅稍长，但请先让我引用柳田国男的文章。

　　佐佐木的曾祖母年迈辞世后，参与纳棺的亲属们聚在

①　三岛由纪夫的小说评论及创作方法论，1968年至1970年连载于新潮社的宣传杂志《波》，因他的离世而终止连载。

房间里守夜。死者那因精神失常而被迫离异的女儿也在其中。当地的风俗忌讳灵堂的烟火熄灭，就由祖母和母亲二人坐在宽敞的地炉两侧，母亲身旁放着炭笼，不时续些炭火。从侧门忽然传来脚步声，母亲凝神看，走来的竟是死去的老人。她生前因为佝偻，常把衣物的下缘折成三角，翻起缝在衣物上方。眼前的也历然是同样的光景，衣服的纹路也和记忆里的吻合。二人还未来得及惊叫，曾祖母就从两个女人围坐的地炉旁通过。衣裾碰到炭斗，浑圆的炭斗骨碌骨碌地打转。（下略）

　　三岛对文章中"炭斗骨碌骨碌地打转"这一部分赞赏有加，据他说，这将日常的现实转化成非日常的超现实的事，就是"产生现实移位的铰链"。也就是说，如果只是幽灵出现在这个世界上，那可能不过是眼睛的错觉或是一种幻觉，我们的现实还没有受到任何侵犯，而当幽灵拥有了物理的力量，遵循我们现实世界的物理法则扰乱秩序时，那会成为包括幽灵在内的超现实取得压倒性优势的证据，对于这样恐怖而值得敬畏的超现实，我们不得不相信。炭斗的旋转成为幽灵存在的不容置喙的证据，是作者的笔力使炭斗打转，让幽灵一举确保了自己的实体。

　　但在我看来，这很明显是三岛逻辑的短路（我并不喜欢这个词，此前也未曾使用过，苦于没有更妥帖的词语，姑且一用），我想他将两个现实混为了一体。这两个现实，其中一个是佐佐木曾祖母死去当日的远野乡的现实，另一个是柳田笔下的故事的现实。不必说我们不住在明治时代的远野乡，没有在佐佐木的守夜里列席而坐，实际上没有看到炭斗骨碌骨碌打转，当然也没有目睹的必要。只是凭借着柳田文章的力量、语言表现的力量，将其化作个人的内在体验便已足够。老实说，炭斗旋转这个物理事实对在现场目睹的人来讲是否属于"现实的移位"，这与柳田的语言表现力毫无关系，于今天阅读柳田文章的我们而言，更是毫不相干。通过柳田的笔力旋转的并非现实中远野乡的炭斗，而不过是我们想象中的炭斗。

讲到这里，我的论旨似乎过于理所当然，啰啰唆唆的叙述本身也显得有些愚蠢。但不得不声明的是，我并非为了寻找三岛逻辑的破绽才特意援引柳田国男的文章。在三岛的内心里，无疑希冀着以色列军号角的回响中，耶利哥城墙倾覆这样的奇迹发生；他同样想通过在语言的力量之下旋转的炭斗，去相信超现实力量的存在。可我想说的并非这件事。对这样的神秘主义我并不关心。我真正想说的是，即使存在逻辑的短路，着眼于炭斗般微小的日常器物，主张在日常器物所发生的不可思议的旋转中，隐藏着"让小说成为小说"的本质，我对三岛的上述文学观深感共鸣。

炭斗碰到本应没有实体的幽灵的和服衣裾后骨碌骨碌旋转的场景，通过柳田国男简洁有力的笔致，在我们的心里被生动地唤醒，得以成为这短短一篇的点睛之笔，成为焦点。可以说在我们的想象里，确乎有炭斗经由柳田的笔法徐徐旋转。炭斗的旋转在这里因具象化而带有了象征价值，成为我们认知超现实力量存在的指标。我想，这是三岛所想要表达的。

绕过严谨的道理简单来讲，不把《远野物语》的百余篇故事里如骨碌骨碌打转的炭斗般孩子气的奇怪物体（objet）①逐一挑出，并为它们赋予象征的价值，便无法释然，对于三岛由纪夫作为小说家所具备的这种优秀品质，我无法不表示赞同。我这样的逻辑里又是否存在短路呢？

无论是否短路都无足轻重，在我的脑海里，从《远野物语》炭斗旋转的场景中，我倏忽间忆起另一个场景。我不禁想，在古往今来的幽灵或妖怪的故事之中，令炭斗这样日常的器物旋转的手法不是非常常见吗？下面引用的，是泉镜花《草迷宫》中的一节。

那真是一场骚乱。灯明凶险，我将洋灯藏到身旁，一次次紧捂遮掩着它。

坐着的人几乎整个翻倒，但这摇动却不是从地板托梁开始的，证据是那被我小心翼翼压住的洋灯，在翻卷翩舞的榻榻米上静静的，纹丝不动。

但也发生过只有那盏洋灯骨碌骨碌打转的情况。一开始仅是灯罩旋转，随即整个就像风车一样舞蹈，但摆放的位置却没有发生变化，在惊讶之间，成了一团火球。眼看

---

① 指达达主义和超现实主义中被赋予幻想性、象征性的日常用品和自然界的物体。

着变白，然后泛青，茫然盘踞着。从未有过那么惹人生厌的光。

稍微说明一下，这个场景，是逗留在鬼屋中的青年，在向聆听的僧人讲述连夜里鬼怪活动的情况。《草迷宫》里有关鬼屋的叙述，从喧闹鬼（Poltergeist）般的小妖怪怨念深重的猖狂捣乱，到最后高潮处品格卑劣的大魔王出现，有几处与稻垣足穗创作短篇《山本五郎左卫门如今退散中》借鉴的范本——平田笃胤的闻书①《稻生物怪录》②中出现的凶宅的细节描写完全一致，显然镜花是参照着它来写作的，但在这里暂且不提。在这里我想说的是，哪怕是《草迷宫》中的凶宅，作为认知妖怪存在的指标，作者利用的也是日常器物的旋转。

即便榻榻米从地下窸窸窣窣地隆起，若身在那里的人和器物未被翻转，而是一直保持静止的话，家中的异响和震动或许可以用幻觉来一语概括。但一直以来都保持静止的洋灯在没有施加任何物理之力的情况下，从笠部开始徐徐旋转，情况就很紧迫了。至此，我们不得不去相信超现实的侵犯——不必说，在这个场景里，洋灯和《远野物语》里的炭斗发挥着同样的作用。

① 口述笔录、纪闻。
② 妖怪见闻故事，记录了江户时代中期的宽延二年（1749）的备后三市（今广岛县三次市），稻生武太夫（幼名平太郎）在七月里亲身经历的妖怪骚动。

《草迷宫》创作于明治四十一年 ① 之前，那个时候的镜花大抵还没有翻阅过柳田国男采集的故事。后来镜花将《远野物语》拿在手上，赞赏"再三阅读，犹不知厌倦"。这也是情理之中的事了。

洋灯旋转也好，炭斗旋转也罢，这又如何呢，与文学的本质不是毫无关联吗？会这样说的人恐怕绝对算不上是柳田国男和泉镜花的称职读者。正如三岛由纪夫所言："读完几百页纸也无法使炭斗旋转的作品数不胜数。事实上，只要炭斗没有旋转，便很难将其称为小说。"

　　＊　　　　　　＊　　　　　　＊

虽说旋转的洋灯不过只是个小东西，而我在镜花的诸多作品里，尤爱《草迷宫》一篇，是因为这篇小说本身不禁给我带来迷宫仍在旋转的印象。旋转的迷宫或许不过是一种赘述（pleonasm）。因为所有迷宫本来就都包含旋转的螺旋构造。不得不提的是，这种印象无疑与作品中发挥着重要象征作用的那只手鞠的形象相重合。

粗略说明一下《草迷宫》的梗概——故事的主人公，青年人叶越明因想再次听到孩提时从亡母那里听到的手鞠歌的唱词，被梦一般的热忱驱使，开始云游日本各地。明偶然来到了三浦半岛叶山附近的秋谷海岸，发现了一只在

---

① 1908年。

河中漂浮的手鞠，怀着或许可以遇见手鞠主人的期许，他在秋谷的一名财主的空屋，也就是秋谷宅邸里暂住。在这座秋谷宅邸里，他就像《稻生物怪录》里的少年平太郎所经历的那样，不得不承受妖怪顽固的袭击。

可是这样的叙述丝毫没有说清《草迷宫》的小说构造。在这篇小说里，三个时间形成三重构造，若将其投影在空间之中便呈现同心圆状的堆叠，秋谷宅邸被安放在同心圆的中心，即所谓迷宫中心的至圣所（或者魔的住处）。稍显冗长，但我想对这三个时间逐一做出解释。

第一个时间，是路边茶店的老妪向旅途中的修行僧小次郎法师讲述的往昔旧闻，可以被称作秋谷海岸前史。小次郎法师在秋谷宅邸里与主人公明同住，某种意义上来看可以说是明的第二自我（alter ego），与此同时，从镜花钟爱的梦幻能①这一形式的见地来讲，法师始终如一地忠实履行了"配角"的机能。

老妪讲述的过去中，在这里不得不专门一提的，是有关发疯的男人嘉吉的插曲。嘉吉醉酒后神志不清，被捆绑在板车上拖走时，被不知从哪里出现的神秘尊贵的美女叫住，她搀扶嘉吉下车，悉心照料，还赠他美丽的绿色珠子。珠子像大萤火虫般熠熠发光。美女离开时，留下了清澄透彻的歌声："这里是何处的小径？这里是天神的小径。"老妪还讲述了发生在秋谷宅邸的主人、这片土地的财主鹤谷

---

① 以幽灵为主角的能剧，其一般架构是通过作为人类的配角切入、展开犹如梦幻的情节。

一家身上的重重悲剧，在这不幸中死去的年轻产妇眼前，也出现了无数闪烁着的萤火虫。从那时起，秋谷宅邸无人居住，成为荒宅。

第二个时间，是主人公明向同宿秋谷宅邸的小次郎法师讲述他幼年时期的故事。如前文所述，明无论如何都期盼着再次听到亡母的手鞠歌，他向可能知道手鞠歌唱词的人一一询问，可能性却全部落空。只剩下自己幼年的玩伴，曾经神隐的邻家美丽少女，名字叫作菖蒲。明曾在某天隐约瞥见过这位行踪不明的姑娘。姑娘和一位戴着斗笠、看起来像猎人的男子走在一起，男子还用铁索牵着一头熊。察觉到明后，姑娘在远处嫣然一笑。

第三个时间，是秋谷宅邸的现在。如上述所言，那里有妖怪连夜来袭，频频攻击暂居的明。明虽非豪爽坚毅之士，然因为有对任何事俱无杂念，行事自由的秉性，妖怪们不得已惨败，四下退散。一如《稻生物怪录》，在最后，魔界的掌权者秋谷恶左卫门登场。恶左卫门是怎样的魔人呢——"盖天下有人可一夜不眠，绝无人可不眨眼。恶左卫门与同伙一行，即把人类眨眼的片刻化作世界"。这位魔人之后，又有一位高贵的女人在魔人眷属的守卫下登场，而故事进展至此，已经迅速接近结局。用梦幻能来类比，就是后半场主角登场之时了。

然而，此时的明却昏昏睡去。应对出现在秋谷宅邸里的魔人和美女的，是最初的配角小次郎法师。我在之前之所以说小次郎法师兴许是明的第二自我，亦源于此。

美女隔着蚊帐注视着明的睡脸，说道："我眷恋的人，被玩弄得狼狈不堪。没有罪过也没有果报，却要经历如此艰难辛苦，赌上性命也想听到那支歌，是因为母亲那般惹人怀恋。惦念着要听到那首歌的心，在此刻已经忘却身世，嗳，怀念着我，在迷惘中爱恋。这支歌我小时候从你的母亲那里听来，她亲口教我，我现在还记得。"读到这里，不由得猜想她是否就是那位神隐的邻家少女，但实在没有必要这样具体地做出界定。这位魔界的美女既是过去给嘉吉绿色珠子的女人，也是让明曾拾起的手鞠顺水流走的女人，更是引起秋谷宅邸多次妖怪骚动的女人……不，不仅如此，只要明无法尽数割舍他寄托在手鞠歌里对母亲的思慕之情，未来他恐怕还会与这个作为母亲的女性原型，无数次相逢，无数次错过。

我在前文称三个时间呈同心圆状重叠，到这里读者应该可以轻松理解了吧。第一个时间和第二个时间，都在向着位于迷宫中心的第三个时间收敛聚拢。每个时间里都有美女介入其中，这些全部是同一个女人的转身变幻之姿。支配着第三个时间的秋谷宅邸，或许可以说是魔圈。类比迷宫而言，这里确乎住着一个弥诺陶洛斯，阿里阿德涅手里拿着的不是线团，而是手鞠，将年轻的忒修斯，也就是明，指引至此地。

秋谷宅邸这个迷宫，固然不似克里特岛上那座几何学的石砌建筑，而是与镜花的世界相吻合，它枝繁叶茂，郁郁苍苍，坐落在河水丰沛的湘南一隅，近处甚至有海。然而，不变的是它仍旧具备作为迷宫的一个个特征，对此，我不禁感到惊讶。

首先，旅人有周游的经历。周游的旅人的目标，是对到达迷宫中心的房间有着坚定的决心。其次，在到达迷宫中心之前，有作为通过仪式的必要试炼，中心的房间里还有怪物。单是这些就足以满足迷宫的成立条件，还要加上不妨看作阿里阿德涅手中线团的替代物——手鞠这样的意象。要是将故事看作希腊神话的变型，阿里阿德涅赐予的闪光的王冠，或许才与手鞠更为相近。手鞠时而成为绿色的珠子，时而变作闪烁的飞萤，分明是在象征着旋转的迷宫整体。

只是，明这位忒修斯是一位奇妙的忒修斯，甘愿承受试炼尚可理解，但他不仅没有杀害弥诺陶洛斯，还不愿携着阿里阿德涅逃往纳克索斯岛。岂有此理，他竟在终场酣然入梦，全无逃离迷宫的意志。一个旅人无意逃走的迷宫。这恐怕是镜花创造出来的迷宫与其他迷宫的决定性差异——我当下，只想指出这一点。

在《霍夫曼斯塔尔与迷宫体验》（"Hofmannsthal et l'expérience du labyrinthe"）中，马塞尔·布里翁（Marcel Brion）说道：

> 对于进入迷宫的旅人而言，他的目的是到达中心的房间，即举行秘仪的地下室。然而一旦到达，他必将从中逃脱，再次回到外部世界，亦即重生。这也是所有秘仪宗教、

所有宗派仪式，必然上演的情形。通向迷宫的旅途，被视作人类重生与变身的不可或缺的过程。旅途愈艰难，障碍愈多，信者的变化也就愈大，从而在这个巡回的通过仪式的过程中获得巨大的变化和全新的自我。

《草迷宫》的主人公不似《稻生物怪录》里那位大胆的少年，他毫无与妖怪积极作战的念头，也因此，即便承受了通过仪式的试炼，也无法重获新生，成为一个成熟的大人。不如说，对他而言，妖怪来袭兴许也不具有通过仪式的意味吧。正如布里翁所言，他何止没有跨越障碍获取"新的自我"，反而在永远的恋母之梦中，让自我沉沉睡去。妖怪也不得不在冲突的缺失中悻悻退散。

在《草迷宫》的结尾，是魔界的美女和侍女们，在沉沉睡去的明面前拍打手鞠的场景。女人们玉手交错，无数色彩明艳的手鞠纷飞错落，令人目眩。这番场景，在镜花小说的结尾里也格外美艳。"四壁与隔扇，秋色尽染，房间宛如手鞠的锦绣——落叶萧萧，红花绕着行灯旋转。织补间隙的是如飘雪般的、数不清的女人的手与手。"将这一幅宛若奢华的琳派绘画般的绚烂光景，作为旋转迷宫结尾处的高潮，十分贴切。饶有趣味的是，望着这般光景的小次郎法师，怀疑自己少年时，曾在故乡山寺的涅槃会上，目睹过相同的光景，他被既视感般的奇妙错觉所虏获。不但如此，他还在想，在身旁入眠的明，是否也在梦中目睹着同样的光景呢。

可以明确地讲，秋谷宅邸这一个迷宫世界，这一个魔圈，对主人公明而言不过是退行的梦的世界。同心圆的形象再次出现。但在这里，所有故事的时间都逆转了矢量，向着明的梦收敛。抑或可以说，明的梦在膨胀，最终吞下了所有故事的时间。在梦中明成为幼儿。也正因此，看着明沉睡中的脸，魔界美女喃喃道："回到还是稚子的昔日，渴求母乳……呀，要醒了……"

从明的角度而言，无论是缺少从迷宫中逃脱的意志，抑或是缺乏与妖怪战斗的心情，想来都合乎情理。他选择了让自己坠落在迷宫这场退行的梦里。

退行的梦，就是没有出口的迷宫。对明而言，无论是为寻求手鞠歌在日本全国流浪，还是在秋谷宅邸遭遇魑魅魍魉发起的总攻，只要他缺乏成为独当一面的大人的欲望，一切都不过是永远在原地打转。如果是继承了欧洲圣杯传说的浪漫主义小说的主人公们，就像"蓝花"① 所象征的那样，兴许会在一段追寻某种形而上学观念之旅的尽头，重生为新的人类（如布里翁所言），而这样的事在镜花小说的主人公身上却绝不会发生。镜花缺乏超越的志向屡屡为人谈及，这或许所言非虚。然而我也忍不住会思考，镜花或许是用与常规相悖的做法，在无意识间实现了对他自身的超越。

这听起来像是在搬弄奇矫的言辞，不过，退行说不定

---

① 指诺瓦利斯未完成的小说《蓝花》（*Heinrich von Ofterdingen*）。

是一种负的超越，硬要说的话，不正是一种逆超越吗？

　　　　*　　　　　　*　　　　　　*

　　能像忒修斯安然无恙地逃出迷宫的，是被选中的少数者，是被无限幸运眷顾之人。不是每个人都能如此幸运，为诸神所偏爱。至少，能与阿里阿德涅相遇，或许已是稀有的侥幸。而不被神明所爱的不幸者，则无法从迷宫中脱身，只得延续永无止尽的彷徨。

　　即便如此，这无尽的彷徨，难道就无法成为没有终点的丰饶体验吗？恐怕只有唯一一种方法，但那也并非渴求便能得到之物。这个方法就是，拥有一个无法被任何事物动摇的确信，即一生中至少曾有一次——大概是在成人以前——抵达过迷宫中心的房间。就此，说镜花在十岁失去了生母之后，仅凭着这个确信存活了下来也不为过。

　　只因为这个确信，沿着迷宫的灰色走廊无所畏忌地打转，对他而言也变得没有一丝苦痛了。至于迷宫中心的房间里有着什么，他早已了然洞彻。就这样，忒修斯将阿里阿德涅的线拾起又松开，再拾起，再松开。简直是在游戏。迷宫对他而言，已经是一个只要置身其中便会唤起阿里阿德涅的幻影的宜居之地。这位阿里阿德涅全无个人的容貌特征也无妨，只是一个类型便可。那些无数次出现又消失的女人的幻影，看起来虽似不同，但对于在终极意义上是同一个女人的女性原型，还需要逐次赋予其容貌特征吗？

在对《草迷宫》的分析中可以逐渐明晰，镜花的时间，一般有双重构造或三重构造的特质。这与上述的分析并非没有关联。它理应精准地对应迷宫的螺旋构造。我出于偏好选择了同心圆的比喻，无论时间形成了几重构造，都被中心的穷极之圆吸收，最终成为无时间的梦。

把同样的事重复无数遍，换言之，无非源于将时间废弃的愿望。无穷无尽地创造类型，也不过是同一个愿望的变形。在《草迷宫》的结尾，明如幼儿般沉睡的时间，已经是时间被废弃后无时间的时间。出现在秋谷宅邸的秋谷恶左卫门，扬言说他们"把人类眨眼的片刻化作世界"，在这样的文脉里，不得不说是颇有趣味的偶合。

同样是一生无法挣脱迷宫体验的作家，我想起了卡夫卡。迄今为止几度踌躇，我终于在这里提起这个名字。这两位的想象力的性质本来就截然不同，如果说一人嗜好水的形象，拥有奔放的汹涌流动的想象力，另一人则偏爱石头和甲壳，想象力坚硬而凝固。即便如此，若要在二人之间强行寻求共通之处，那无疑是迷宫体验所象征的不想成为大人的愿望，或者不如说是即便成为大人也要无数次下潜到迷宫中心的房间，从中找到幼儿的睡眠的一种资质。也就是说，在被退行的梦附体这一点上，我想二人有可比之处。在卡夫卡描绘地下迷宫的小说《地洞》里，有下述一节。

在平静中半睡着，在愉悦中半醒着，正是我在通道里度过的舒心时间的意义。这些通道是为了我自由伸展躯体，孩子般地打滚，朦朦胧胧地躺卧，在满足中沉入睡眠而精心设计建造的。

仿佛置身于母胎之内，对卡夫卡而言，迷宫已经是可以保障自己雀跃的孤独的那么一个小小隐居地。极小的迷宫，说不定就是母胎。如果像忒修斯一样，将从迷宫中逃脱视为新生，那么迷宫与母胎便不得不被同一化。据说在世界各地的民俗里，迷宫与母胎也常被以同一种螺旋标识所表示。

然而，在母胎中呼吸困难、即将窒息的感触，完全与镜花没有关系。这也许就是将镜花与那位布拉格的单身汉极大地区隔开来的要点。镜花迷宫的核心保持了母胎的形象，却在你认为它要凝聚坍缩的时候，倏忽间膨胀扩大。如同我再三言及的，它是伸缩自如的同心圆迷宫。我想，这恐怕就是镜花保持精神健康的秘密没错了。可以无限度地再生没有个体的面孔、如人偶般的女人的类型，如此的男性精神，除了健康还有什么更贴切的形容呢？

即便如此，"草迷宫"究竟是什么呢？镜花在这个词语里装载的，是哪一种迷宫（labyrinthos）的意味呢？它的典据又出自何处？是汉籍，还是他自己创造的词语？遗憾的是我不清楚。如果有谁通晓，务请不吝赐教。不过，镜花知晓欧洲的迷宫神话，这一点应毋庸置疑。

众所周知，伊利亚德（Mircea Eliade）在比较宗教学的领域里提倡"中心的象征性"。我在想，毫无缘由地热爱旋转之物的倾向中，是否也包含这种象征性呢？无论是陀螺、洋灯、炭斗，还是迷宫，几乎所有物体的旋转运动都无法脱离中心轴。由此再附上我的独断：在旋转和中心轴的嗜好里，无疑有保持精神健康的秘密。

关于梦

因患热病而死去的僧人兴义化作一条鲤鱼，如愿以偿地实现了在琵琶湖中畅游嬉戏的幻想，随后又如同从睡眠中苏醒般重生。上田秋成《梦应鲤鱼》的故事全貌已众所周知，它虽与梦相似，而严格来讲或许并不是梦。人死后的四十九天里，魂魄不会立刻前往彼世，而是在幽冥之间翩然逡巡，说不定，兴义的魂魄真的在这三天的徘徊中，亲身体验了化身为鱼的幻想。在秋成晚年的作品《黄泉文》里，还讲述了他的亲身体验：不久前离世的老婢手持三年前病逝的妻子瑚琏尼的信，来到秋成的枕边。作者秋成无疑相信佛教教义中的中有①概念。

---

① "四有"（本有、死有、中有、生有）之一，又称"中阴"、"中蕴"，指从前世的死亡瞬间（死有）到来世获得生命的瞬间（生有）之间的状态。

而这位僧人同时也是画家，时常提起画笔，令兴义的魂魄迷失于中有时产生的幻想，如白日梦般浮现于眼前。这是否也一如《梦应鲤鱼》的题名，可以理解成化身为鱼的一种梦呢？在颇为常见的野梅堂版①的插画里，画着手起刀落之际，砧板上的鲤鱼口中有僧人模样的小小男子气喘吁吁地逃跑。无论这是中有之梦还是本有之梦，灵魂在梦里脱离了肉体一事，在本质上没有改变。兴义想必具有天才艺术家的潜质，即便未迷失于中有，也能屡屡经历灵魂脱离肉体。如此想来，兴义产生的幻想全部是梦也无可厚非。带着这样的思考，我将展开如下论述。

说起那个梦，《梦应鲤鱼》这则故事的构造，便是患病的兴义在咽气后的第三天突然重生，在惊诧的弟子们面前将自己奇怪的梦之体验娓娓道来。"我此次卧病，苦痛难耐，不知身死。只觉闷热欲稍取凉，遂扶杖出门"——兴义的讲述从此处开端，如同道出一句"如今想来不过是愚钝的梦"的说辞，明确告诉读者这一切都是梦。然而，在将秋成的九部短篇译成现代日语（这样说或许有失妥当）的石川淳②的《新释雨月物语》里，这则故事的顺序被彻底打乱，梦并未被作为梦来讲述，现实毫无顾虑地擅自踏入梦的世界，故事的时间在这样的情形下开始流动。

故事的梗概想来大家已熟知，我便不打算做详细说明。

---

① 安永五年（1776）四月刊行的《雨月物语》初版。
② 石川淳（1899—1987），日本小说家、文艺评论家、法国文学翻译家，译有莫里哀、纪德等人的作品。涩泽龙彦曾编纂过《石川淳随笔集》（1959）。

现在我将闷热难耐的兴义走出家门来到湖畔的时间点（也就是梦起始的时间）设为 A，将化身为鲤鱼在湖中畅游，被渔夫钓起送到平之助府邸，于砧板之上刀即将下落时，大叫"岂有此理，竟敢残杀佛门弟子！来人啊，救命！"的时间点（即从梦中苏醒的时间）设为 B。秋成的故事的铺陈方法是把暂且死去的主人公带到 B 点后令他复活，再通过主人公的回想，让主人公亲自叙述从 A 到 B 的时间段里的故事。与此相反，石川淳重写的笔法则不言明这是梦，而是先让时间从 A 点径直疾驰前往 B 点，在抵达梦的终点 B 点时，在化身成鲤鱼的主人公于砧板上"哇"的一声大叫着腾空跳起的瞬间，再让周围的弟子问他："上师，您总算醒来了？"也就是说，这时才初次向读者挑明，兴义此前一直在死亡里酣梦。

拆去横亘于现实与梦境之间的围墙，以此使小说内部流淌的时间更为紧迫，石川的改编技法不得不说卓有成效。若忠实于他的"散文运动"[①]这一原则，恐怕也无法选择其他手法。只是，石川的方法也难免会产生缺陷，本篇的高潮"救命"之后，秋成只用寥寥数行就轻松结束了故事，而到了石川那里故事还剩下三分之一有余，为说明尚未交代的状况与事情原委，不得不耗费更多言语。恐怕他在写原创小说时，绝不会这么处理。通俗地讲，就是为了最初潇洒一番，而殃及后半段故事的铺陈。至少单论《梦应鲤

---

① 石川淳多次在自己的文章中提及的概念，指用散文，而非带来精神停滞的咏叹与歌，来捕捉人类的精神运动。

鱼》一篇，从小说整体效果一点来看，很难轻易断定哪种方法更好。

但我对论证秋成的方式与淳的方式孰优孰劣毫无兴趣，我兴趣的中心，在于梦的普遍叙述方法。不管是哪一种情境，梦与现实的接合情况才是问题所在。秋成并非近代小说家，他果断放弃了梦与现实的平稳接合，只想着将梦作为梦来讲述，而对小说的方法意识兴趣浓厚的石川，则有无论如何都想将梦与现实无缝衔接的强烈心情。若说前者是若无其事地将梦放进括弧之中，那么后者则强行摘去了括弧。石川在读者难以觉察的地方，凝注了细微的苦心，这通过对比《雨月》与《新释雨月》可以清晰地感受到。于我而言，这种对梦的处理方法格外有趣。

假使梦在文学艺术中具有意义，这也是针对它与现实的关联而言的——到哪里为止是梦，又从哪里开始不再是梦，对其界限的识别，恐怕一直出现在问题的中心。如同卡夫卡的小说，若小说通篇被梦一般的现实，或现实一般的梦的氛围所涂抹掩埋，梦与现实间的区别就此消失，反而会失去介入梦这一问题的余地。这是因为现实被一元化了。包括石川淳的小说在内，近代小说朝着这样的方向前进是事实，但如今我的关注点却不一定是这个方向。无妨说，作为被放置在现实中的另一个世界的梦、在现实中占据一定位置的梦——这样的梦的空间，拓扑学意义上的梦的空间才是我关注的对象。

"我们只有通过回忆才可以知晓梦。无论如何，梦首先是回忆。"如果瓦莱里（Paul Valéry）的话是正确的，那么最为朴素的梦的叙述法，便顺理成章是秋成援用的那种，即把梦放进括弧里的回想形式。瓦莱里还说，梦"是只有于其不在场时才能观察到的现象"。我们被梦的空间紧密包裹时，没有人会认为那个世界是梦，而会笃信我们正身处现实之中。当被从梦的空间中排出，也就是梦醒之时，我们才初次意识到梦是梦。因此，我们知晓的梦不过是我们逃离其中之后的虚空，也就是梦的蝉蜕。

即便我们在梦中意识到自己在做梦，情况也不会发生改变。那恐怕只是一重意识到自己在做梦的梦，那人无疑将那个正在意识到什么的梦错认成现实。即便将意识复杂化，堆叠成二重三重，我们也无法与梦和现实之间无限循环的"鼹鼠游戏"①匹敌。筹谋着突破梦境的薄膜探出头来，等在那里的却不是现实，而是更大的梦境之膜的内部。事实上，抑郁症患者的梦似乎便是多重构造，情况多为"感到恐惧后惊醒却发现依旧是梦。再次因恐惧而苏醒后也仍旧是梦"。

若像这样承认梦是一种洋葱构造，便不得不承认现实本身也同样是洋葱构造。也就是说，我们没有任何决定性证据可以将现在生活的这个现实认定为真正的现实。即便想从中醒来，也没有任何确切的证据证明我们的苏醒。比如现在（1975年9月18日凌晨3时18分），在这个世上几乎

---

① 日本江户时代后期流行的一种游戏。两人一组，手抓住对方的手，双手叠合时，再抽出最下方的手，叠到最上方，不断重复。引申为无限循环之意。

所有人都在酣睡的时刻，我正一个人面对着自家书斋的书桌，不停在稿纸上奋笔疾书，捕风捉影般地追逐着关于梦与现实间无限轮回的妄想，却没有任何证据证明我不是在做梦，也没有任何证据证明我的纸笔不是梦境中的纸笔。

不，不仅如此，事实上完全没有任何保证使我可以断言，某一天我不会像兴义从鲤鱼口中被吐出那样，从涩泽龙彦这个梦中被吐出。庄周从化蝶的梦中苏醒后，说"不知周之梦为蝴蝶与，蝴蝶之梦为周与"，从中可以极为自然地导出"不知兴义之梦为鲤鱼与，鲤鱼之梦为兴义与"的戏仿。虽是古老的庄周寓言，至少那种感触仍存续于今。

"兴义从此痊愈，多年以后，寿终正寝。临终前，他在所画的鲤鱼图里选出数枚散入湖中，画中的鱼儿脱离绢纸，入水嬉戏。"此处临近《梦应鲤鱼》的末尾，或许在那一刻，在濒临死亡的兴义的意识里，自己究竟是兴义还是鲤鱼，已逐渐变得难以分辨。

*　　　　　　*　　　　　　*

日本文学，特别是在日本的王朝文学及中世文学中，无论是和歌、物语还是日记，"梦"这个词都频频出现，甚至可以说，到了某种让人感到些许厌烦的程度。据国文学者的研究，在《源氏物语》里，"梦"这个词竟出现了一百三十六次，这样的情况恐怕在古今中外的文学里都极为罕见。日本的王朝文学及中世文学，呈现出被泛滥而摇曳的梦之美学所支配的状态，与此同时，其中涵盖了诸多梦之概念，范围之广，时常令我们大为讶异。《更级日记》中著名的弥陀来迎之梦便是一个典型：梦一方面源于人对净土的憧憬，是对与无常观密切相连的彼岸世界的憧憬之表现；另一方面，正如"梦之世"一语所道明的，其亦是现世的别名，从中可以窥见截然相反的两极。在这里诞生的，是如同"身在俗世尘，疑梦又疑真。难识真与梦，若有似无因"般的和歌，它以一种玄妙的哲思来终结判断。

然而，我国的王朝人与中世人却未将梦的美学局限于此。除在人生论乃至宗教哲学的领域利用梦的概念以外，作为相恋男女之间灵魂的神秘交感场所，所谓拓扑式的梦之概念也常被援用。和歌、物语和谣曲中屡见的"梦之浮桥"、"梦之通路"或"梦之直路"的观念，无疑立足于一种信仰，即梦是一个必将抵达的异次元世界，恋爱的男女在那里跨越现实的种种制约，得以与自己的心上人相会交欢。如前面上田秋成的《黄泉文》中所述，魂魄在夜间睡眠时似乎迷失于中有，恍惚游离出肉体，通过"梦之通路"与恋人相会。为占梦与解梦一则以喜一则以忧的心情，因灵梦而亦惧亦喜的心绪，都是撇开魂魄游离的信仰便无法考量的。

话虽如此，正如日本人通常欠缺几何学精神，关于这个拓扑式的恋爱的梦世界，无论是《万叶集》到《新古今和歌集》等颇具代表性的歌集，或是其他的物语和日记，很遗憾，我均未能从中发现由清晰的透视法构成的意象。

自然，这意见出自我极为狭隘的涉猎范围，今后尚有订正的余地，如能订正亦属幸事。《万叶集》中的一首歌偶然映入眼帘，其中"匣子"的意象虽稍显陈腐，却难得与我心中的空间构造相吻合，援引如下：

> 吾怀暗相思，宁为人知晓？藏栉玉匣开，乃见梦缥缈。

作者为女歌人笠女郎。这是她赠予恋人大伴家持，著名的二十四首中的一首。虽是平平无奇、浅白的歌，但闭合的梦境空间中心放置着一只玉匣，正是这只匣子的双重构造，首先引起了我的注意。打开箱子自然是比喻手法，这只匣子如同玉手箱①般满载着梦的内容物，打开箱盖的同时，如同摩挲天方夜谭的神灯，给我以梦境内容一般丰盈满溢，填充了整个梦的空间的印象。这种印象，无疑与我对于同在《万叶集》卷九"咏水江浦岛子"的"便忘旦旦誓，开匣一微线。未开一线隙，白云从中窜。直飞去仙宇，缥缈停天半"②的相关记忆重合。在这里，做梦的过程可以视为打开玉匣。

"玉匣"虽是寻常的枕词，但此处的"玉"显然取"魂"之意③。这只匣子有灵妙的机巧，把它视作盛放梦境、容纳

---

① 传说中浦岛太郎的箱子。从龙宫归来的浦岛太郎忘记乙姬的叮嘱：不能打开玉手箱。在开箱的瞬间，浦岛太郎由少年变为老翁。
② 译文参考钱稻孙译《万叶集选》（上海书店出版社，2019）。
③ 日语中"玉"与"魂"同音"tama"。

魂魄的容器也未尝不可吧？为了使魂魄不至于飘飘忽忽游离失所，匣子通常不得不紧合匣盖。除此之外，匣子还可用于象征女阴，因此打开玉匣也有委身于男子的意思。据精神分析学者的意见，欧洲的潘多拉魔盒的神话也有阴道自慰的含意。无怪乎，这首和歌除了出自女性之手绝无其他可能。

虽然这种事大抵也无足轻重，瓦莱里的"意识畏惧空虚"，想来是戏仿了亚里士多德的"自然畏惧空虚"，顺其展开思考下去，梦本不就是为了填满睡眠时的空虚而入侵的意识吗？若胸中的思念愈发灼热，肉体的压力随之迅猛高涨，玉匣的盖子自然便会敞开。盖子打开后，在匣内凝缩的梦即刻扩散开来，填充了空虚。这就是恋爱梦的作用原理。当然，这一原理也关乎爱欲。作为喜爱比喻修辞、富有智慧的女歌人，笠女郎能够对此类原理信手拈来。

梦之空间的中心存在玉匣的构图，即同心圆的构图，玉匣在无止境地放射着梦的内容物，使得这个位于同心圆内侧的小圆，动态地扩大和收缩。虽也是一种梦中梦的意象，却不似诸如"羁旅人间世，犹有旅宿时。藉草枕入梦，还见梦迟迟"那般单调无味的人生论式的梦中梦和歌，无论是意图还是给读者的感触，二者都截然不同。虽稍显朴素，但将其看作与出自欧洲巴洛克诗人之手的诗句拥有相近技巧性的作品，是否也无妨呢？

接下来，我将从王朝时代后期的说话①集中，选出构成我喜爱意象的梦之片段。它难以被归为纯粹的日本血统之作，这一点自然在我的考量之中。下文出自《今昔物语》卷三十一的第九话。

却说安永京中家里有个年轻妻子，他自从来到外边就很是牵挂，一直放心不下，如今更觉得精神不安。他想，家里一定出了什么事，等明天天一亮就赶紧动身回京。他刚来到守关人的哨棚里翻身躺下，便沉沉睡去。这时安永梦见有人手执火把从京城方向朝关上走来，一看，手执火把的乃是个少年，另外带着一个女子。当他正捉摸来者是何人的时候，二人已经走到哨棚的旁边，这时方才看出少年所带的女子原是自己魂牵梦萦的留在京中的妻子，他越想越觉得奇怪，却见二人就在隔壁住了下来。安永扒在壁孔上偷看，只见少年和自己的妻子并坐在一起，还取出锅来烧饭，二人共食。他见此光景心想，原来在自己离家以后，妻子已经和这个少年结成夫妻，不禁怒火中烧，躁动不安，持念一想，我倒要看他二人究竟如何，只见妻子和少年吃完以后，就相抱而卧，过了一刻，竟苟合起来。安永一见，立生杀心，就闯了进去，不料灯光熄灭，人也不见了，他的梦也就醒了。②

---

① 广义为故事，狭义为民间故事、民间传说。后文中的"说话"将根据文意译出。
② 译文参考北京编译社译《今昔物语》下册（新星出版社，2017）。

故事到这里没有结束。天一亮，安永就匆忙动身赶回京都的家，迎接安永的妻子笑道："昨晚我做了个奇怪的梦。"那个梦，竟与安永的梦别无二致，即她与素不相识的男子一同在从未去过的空屋里吃饭，正欲相拥共眠时丈夫突然闯了进来。

　　这是在诸如中国唐代的《三梦记》里出现的二人同梦，但必须说明的是，在这种情境下，丈夫的梦与妻子的梦，二者的尺寸却无法完整贴合。丈夫不过是在担任旁观者，妻子才是被注视的角色。在梦的舞台上表演的仅是妻子一人，丈夫不过是从墙壁的孔隙里偷窥妻子的演技。所以丈夫的梦，是在眺望着妻子之梦的梦。也就是说，丈夫的梦里完好无损地包含着妻子之梦的全部，可称为同心圆构造。旋即在梦的最后，丈夫飞身跃入同心圆内侧的小圆，也就是妻子的梦中。从这时起，二人才初次站在同一个梦的次元里。

　　然而在这则故事里，妻子的梦却没有什么意义，在心理学上足以诱发我们兴趣的，无疑是将妻子的梦容纳其中的丈夫的梦。对此瓦莱里说过有趣的话："梦中也有调和的关系。'我之所见'亦即'所见是我'。在这时，我之所见从某种意义上说明和诠释着我。不是像苏醒时那样由它们组成我，而是由我来组织它们。"由此可见，梦产生的原因大约在于做梦之人。

　　江户时代的怪谈集《御伽婢子》卷三《丈夫眼底的妻之梦》，也与上述《今昔物语》中的梦之构图极为相近。正如题名所述，这次是在周防山口独守空闺的滨田与兵卫之妻在梦中看到的场景，被从京都归国途中的与兵卫躲在白杨树荫下如幻觉般亲眼所见。如果丈夫的幻觉也可以被视为一种梦，那么它完全符合《今昔物语》中二人同梦的构图，只是作者在此处没有明言那是梦。所以同心圆的构造在此处看似没有成立，但在实质上算作成立也无妨。

*　　　　　　*　　　　　　*

迄今为止，我循着自己的嗜好在文章里肆意援引的物语，无论是《梦应鲤鱼》还是《今昔物语》，或是《御伽婢子》，都并非纯粹日本血统的物语，追本穷源都是中国血统的故事，这点我想值得留意。如罗歇·凯卢瓦（Roger Caillois）在《源自梦的不确定性》（*L'incertitude qui vient des rêves*）中的惊叹，中国人的想象力中欠缺形而上学的志向，如希腊的诡辩派或印度的耆那教徒那般，尤为喜爱创造蕴蓄着无限的逻辑与意象。不同于凯卢瓦，我们身为东洋人，素来亲近战国时代的《庄子》《列子》，汉魏六朝时代的所谓志怪小说，乃至唐代的传奇小说，对其中的比喻与寓言，并不一定会感到惊异，但欧洲人的观点却像乘虚而入一般，不可思议地勾起了重新审视它们的心情。

中国人常被认为理性主义及现实主义兼备，从根本上缺乏形而上学的意向，但难道不正是因为如此，他们的几何学精神才得以在拓扑学方面尽情发挥吗？以帕斯卡为代表的欧洲人一贯畏惧无限的观念，中国人却将之视作"象棋棋子的组合"（凯卢瓦语），或是如同镜中的倒影，能够在享乐的同时为它创造纷繁复杂的形象。

单凭发明汉字一事，就足以说明比起其他任何民族，中国人是更狂热的形象主义者。不过，我还想举一个更为寻常的例子，即被唤作"中国套盒"的匣子。匣中有匣，这个匣内又有一匣，大小各异的匣子依次重叠装组，便是中国人尤为擅长的戏法匣子。"壶中天"和"南柯梦"的故事，以及我迄今为止叙述的梦的同心圆构造，不都出自对大小世界形成套匣结构的中国套盒的应用吗？我想，志怪小说及传奇小说中，涉及属于这个模型的主题的作品汗牛充栋，正是这个戏法匣子，最为明快地体现了中国人的想象力特征。

如此说来，中国人抵达乌托邦的方法也与欧洲人不同，无须翻越大海，劈开宇宙空间，只需轻快地钻出洞穴或树洞，安详地藏身于壶中便足矣，这或许也与此有深远的关联。桃花源是既与现实接壤，又位于现实内部的世界，如同我们用手指模仿"莫比乌斯带"，无疑是可以抵达的场所。

对此暂且不提，凯卢瓦曾引用《红楼梦》第五十六回中贾宝玉的梦，这片段于我而言也颇具魅力，诱惑着我无论如何也想再录于此。只是篇幅冗长，我将适当省略，只勾勒出故事大略。

宝玉昏昏睡去，在梦里，到了一座与自家大观园别无二致的园子。正疑惑间，从那边来了几个女孩儿，都是丫鬟，也和自家的丫鬟别无二致。只见那些丫鬟笑道："宝玉怎么跑到这里来了？"宝玉连忙说："因我偶然散步到此，不知是哪位世交的花园。好姐姐们，带我逛逛。"那些丫鬟笑道："原来不是咱们家的宝玉。他生的也还干净，嘴儿也倒乖觉。"宝玉纳闷道："从来没有人如此怠慢我，她们如何竟这样？"一面想，一面顺步走过了园子，忽上了台阶，进入屋里，只见榻上有一个人卧着，那边有几个女孩儿做针线。

只见榻上那个少年醒来，对丫鬟们说道："我才做了一个奇怪的梦，竟梦中到了哪里的一个花园子里头，遇见几个姐姐，都不理我，不知哪里去了。好容易找到房里，有人在我的榻上睡觉。"宝玉听说，忙说道："我因找宝玉来到这里。原来你就是宝玉。"榻上的忙下来拉住宝玉的手，叫道："原来你就是宝玉。这可不是梦里了。"一语未了，只见来人说："老爷叫宝玉。"吓得两个人皆慌了，此时宝玉醒了。

凯卢瓦对文本的最后部分稍加修改，让终于醒来的宝玉说了如下的话："我才做了一个奇怪的梦，竟梦中到了哪里的一个花园里头，遇见几个姐姐，都不理我……"如同两面镜子相对放置所产生的，眩晕般无限连续的形象在这里浮现，但我想，乍看复杂的形象事实上却并非那般纷繁冗杂。前面举了《今昔物语》二人同梦的例子，这里《红楼梦》的梦与此相反，不外乎是一个男人的自我分裂成两个，这分裂而成的自我产生各自的梦，又将彼此的梦吞入自己的梦的内部。况且，自我分裂的主题，在过去的中国神话故事及民间传说中也绝非没有先例。就我目力所及，譬如在《搜神后记》里，有男人外出归来，看到榻上睡着与自己一模一样的男人的故事。《红楼梦》的作者，不过是为故事蒙上梦的面纱，让故事的现实性变得更为不确定。

即便如此，也并非不存在一个截然区分《搜神后记》故事与《红楼梦》片段的存在论上的重大差异。《搜神后记》里只是主人公单方面望着酣睡中的自己的分身，而《红楼梦》里的两位宝玉彼此相对，面面相觑。如果将视线看作无论如何也无法成为对象的主观，那么在这里，主观与主观相互冲撞，两个宝玉互成一对的孪生属性便越发臻于完美。这样的状况如果一直持续下去，其中一方必然会气力衰竭，至于消失。

一如宝玉看到的梦里面以自己为模型的塑像，我认为，简单说来，梦本身也可以比喻成以现实为模型的塑像。现实与梦彼此主张自己的主观，竭力将对方解体后离去。或许，无力的我们只是卷入了现实与梦境间的纠葛，在其间饱受捉弄。早在公元前三百年，庄周就不知是梦见自己成为蝴蝶，还是蝴蝶在梦里成了自己，我想这样的二律背反，即便在今日，其强大的魔法效果仍未折损分毫。作为示例，请看博尔赫斯的《皇宫的寓言》（"Parábola del Palacio"）。

《皇宫的寓言》是一个中国故事，在故事中登场的黄帝，是传说里道家思想的始祖，曾经支配梦的预言者，这点颇具暗示性。博尔赫斯的故事梗概如下——某日，黄帝将诗人招入宫殿，带他散步。道路看似笔直，却在浑然不觉间形成圆形，庭园里遍布着杜松篱落与金属镜子，俨如迷宫。二人走了许久才走出这个迷宫庭园，接着穿过诸多堂榭、庭院和图书室，还经过了六角形的刻漏阁。他们乘上白檀小舟渡过波光粼粼的溪流，所到之处能看到数座色彩斑斓的高塔。

行至倒数第二座塔下，诗人吟咏了一首短诗。那首诗已经失传，有人说它只有一行，也有人说不过是一个字而已。事实上，那首诗的内容里，包容了整座庞大宏伟的宫殿自远古过去直至现在的所有历史，以及在其间的一切人、动物、神、装饰和附属品。听到这首诗后黄帝大叫"¡Me has arrebatado el palacio!"（你抢走了我的皇宫！），当即夺去了诗人的性命。还有另一种说法，诗人吟咏诗句的瞬间，宫殿就如同被电光击中般烟消雾散……

在博尔赫斯的作品里，诗与宫殿是等价物，双方无法并存的寓意昭然若揭。欲使宫殿存续就不得不杀掉诗人，欲使诗获得永生宫殿便不得不湮没。此时诗与宫殿的对立，不妨换言成梦与现实的对立。欲使现实存续，就不得不杀掉梦。喜爱做梦的人，在梦一步步临近完成时，总怀有一种预感，时日将近，他的生命会在黄帝的一声呵责下被夺去。喜爱做梦的人啊，耳畔如幻听般传来一声"¡Me has arrebatado la realidad!"（你抢走了我的现实！），诸君之耳可听得到？

幻
鸟
谭

不拔眉毛，也不将皓齿染黑，蓬松的头发别在耳后，穿着喜爱的白裙裤，追逐着令人毛骨悚然的毛虫，丝毫不在意双亲和侍女们的惊慌与颦蹙，把捕捉来的毛虫放在掌心里疼爱，自幼便鲜明地标榜着自己热爱自然的哲学，毫不动摇。在《堤中纳言物语》中《爱虫的公主》的女主人公身上，我看到的并非不健康与颓废，反而是一位天真烂漫、憧憬乐园的人。她喜爱的不是与小女孩相称的红裙裤，而是白裙裤，用今天的感觉来讲大约就是蓝色牛仔裤。国文学者中似乎有称她作性格异常者或变态性欲者的，在我眼里，这完全是无稽之谈。依我看来，她不过只是个头脑聪慧，又意识不到自己生来的美貌，有些许奇怪的十六七岁少女。不仅如此，若悉心汲取行间的意味，也可以探知无名的作者在她身上毫不吝惜地倾注着共鸣和疼惜。

我先尝试着列举一下《爱虫的公主》中出现的昆虫与爬虫类的名字。蝴蝶与毛虫自然无须赘言，蚕、疣耄（螳螂）、蜗牛、蝼蛄、蟆（青蛙）、稻子达（不详，一说为草蜥）、稻子麻吕（中华剑角蝗）、千足虫（马陆）、朽绳（蛇）以及蝉的名字都历历在目，无愧为昆虫的乐园。从用来称呼这些小动物的中世风格的名字，我立即联想到了《梁尘秘抄》[①]的世界。对此我将在后文中论及，现在想先针对这位君临昆虫乐园、与昆虫有几分相近的美丽公主究竟意味着什么的问题，谈谈自己的见解。

　　故事的开端就颇具暗示性地写道："在爱蝴蝶的公主的府邸附近，有位按察使大纳言的千金，仪容高贵非凡，双亲都爱育无限。"我们首先应觉察到，故事将"爱蝴蝶的公主"与"爱虫的公主"做了对比。爱蝴蝶的公主虽没有在故事中登场，但她代表了世上大多数不曾经历内心冲突便能脱离少女期的一般少女，不妨说这是为了凸显爱虫的公主其特殊性的一种设定。我想爱虫的公主是指一直蜷缩在少女期（精神分析学中的阴蒂阶段）里，难以成为女人（蝴蝶）的少女。

　　若是近代小说则无须多言，可一个分明是距今八百年前的平安时代（或镰仓时代）的物语，却援用如此洗练的心理学解释，实在难以认同——如果出现这样的反驳，我大概会做出如下回应：正因为是连作者都尚未明确、如同民

---

① 平安时代末期编纂的流行歌谣集，编者为后白河法皇。

间传说的前近代物语，才得以和梦与神话类似，可以透过它窥伺我们精神里最为深远的姿态。

因此，爱虫的公主就是虫本身。虫与少女完全类似。我倏忽间想起了刘易斯·卡罗尔《爱丽丝漫游仙境》的第五章。其中，爱丽丝遇到了一只坐在蘑菇上吸着水烟管的奇妙毛虫。

"可能你还没经历过，"爱丽丝有些不服气地对毛虫说，"等到你成为蛹——你知道，总会有那么有一天——然后又变成蝴蝶的时候，我想你就会感到有点奇怪。"

爱丽丝在不可思议的国度里喝了魔法药水之后，对于自己在一天内几度变大又缩小的身体，确实体会着"奇怪的心情"。这种心情大概也是因初潮后肉体的变化而感到困惑的青春期少女的心情吧。在她心中雀跃着两种隐微对立的感情，即未来不得不成为大人的近似妥协的心情，和想就这样永远停留在少女阶段的心情。因此在她面前出现的毛虫，无疑是她自身在镜中映照的样子。

将视线转移回《爱虫的公主》，这位日本王朝末期的爱丽丝，也凝视着院落里的毛虫，痴醉于成长的神秘，我不禁对此深感讶异。她的语言，虽被用佛教用语巧妙地伪装了起来，但参透内在的含义对我们而言却并不困难。所谓"人人都爱那花朵、蝴蝶，肤浅又奇怪。人么，心眼诚实，追求本真，这样的心肠才有趣儿"、"探究万物，格其始末，才知事物自有原故。实在幼稚得很。毛虫终会变成蝴蝶"——公主不是已经明摆着诉说道："来看看吧，如今是毛虫的我快要发生的变化。到那时候，我会变成多美丽的蝴蝶啊。"

从毛虫变形（metamorphosis）为蝴蝶的过程中，还有一个叫作"茧"的阶段。对爱虫的公主已无计可施的右马助，在故事的最后，留下短歌"仿佛蛹蛹蠋，见卿两眉鬐。任谁堪匹敌？只叹应无人"后离去，显然此处的"mayu"不仅指公主浓密的眉毛，同时也指茧。[①]先前也有人将"mayu"读作"mae"（如执笔《嬉游笑览》[②]的喜多村信节），将公主的"阴毛拟作毛虫"，但从上下文的关系来看，我更为偏好眉毛与茧贯通的"mayu"这一解释。茧首先是变形的象征。

正如《爱丽丝》的作者是男性，《爱虫的公主》的作者或许也是男性。倘若不是男性，也就很难创造出一位如此蓬勃、充满矛盾，又富有魅力的可爱少女。如金井美惠子女士的名言："男人可以无休止地在梦里空想少女，而女人只能在过去的梦里梦见少女。一流的少女，只会出现在男人或老妪的梦里。"说来确实，这是足以令大部分恃宠而骄的女作家颜面尽失的话了。

对此无论如何，我想最后援引写下出色的《爱丽丝》评论的威廉·燕卜荪（William Empson）的一句话，来结束《爱丽丝》的话题："《爱丽丝》背后的基本构思，是在

① 日语中"眉"与"茧"同音"mayu"。
② 有关江户后期风俗习惯、歌舞曲音的随笔集，是体系完备的江户风俗百科全书。

牧歌的隐秘传统上进行变奏，将孩子作为主人公。"如果用此观点解读《爱虫的公主》，那么，又当如何呢？

论及日本文学传统中的牧歌，则不得不考虑包罗催马乐①和民谣在内的古代歌谣的世界。但仅针对《爱虫的公主》而言，我更不得不考虑它与在某种意义上继承了古代歌谣精神的、前文约略触及的《梁尘秘抄》的类比。孩童和动物可以作为主人公的物语世界——这又突然与御伽草子②的世界相通，也与鸟兽戏画③的世界相通。如有必要，称之为动物文学的传统也不足为过。思绪驰骋于属于日本文学的如此传统时，与此形成对照，不禁浮现在我眼前的，是由《古今和歌集》确立、《新古今集》时进入鼎盛期、与孩童和动物均毫无关联的、苍白的观念世界的秩序传统。现在，我想从自己喜爱的动物文学这个狭小的视点出发，来试着探寻这两支源流的对立。

*   *   *

若说我对"古今传授"④抱有特别的兴趣，是因在室町

---

① 流行于平安时代初期的新音乐。由民谣歌词辅以外来乐器，创造出新的旋律。
② 创作于镰仓末期至江户时代间的短篇插画物语。
③ 京都高山寺代代相传的绘卷，分为甲乙丙丁4卷。将动物用拟人化的形式绘出，也被称为"日本最古老的漫画"。
④ 广义上指对《古今集》的解释（歌学）作为秘传由师长传给徒弟，狭义上指将《古今集》的解释作为家职的二条家的传承。

中期以后所谓的"切纸传授"①中被尤为秘密对待的"三木三鸟口传"，会有人感到出乎意料吗？大概不会，我已坦言自己对动物的喜爱，大家不外乎只会因我的如醉如狂而瞠目结舌。话虽如此，此处的"三鸟"，在我的印象中是宛如幽灵般没有实体的鸟。也许，自《古今集》的美学初次确立时起，孕育这种幽灵鸟的深远因缘的胚胎便早已成形了，这是我真实的想法。创造了臭名昭著的切纸传授，汲取二条派歌学源流的东常缘，因此被本居宣长痛骂为奸贼，但倘若追溯和歌的历史源流，会发现这个批判未免过于严苛了。

有关"三木"，因过于繁琐，兹不多述，只谈"三鸟"。三鸟的种类并不确定，最普遍的说法，是"稻负鸟"、"唤子鸟"、"百千鸟"三种，有时也用都鸟（百合鸥）、息长鸟（鸊鷉）或白鸟来替换百千鸟。这种无意义的神秘主义序列界定，令我想起基督教中天使的位阶组织，或是欧洲纹章学中的火蜥蜴和独角兽等空想动物的地位。稻负鸟在古今传授中受到重视，恐怕是因《古今集》中那首被视作秘说的和歌："来我门庭前，稻负鸟鸣啼。今朝趁风起，征雁兮既归。"（秋上）然而，这首脍炙人口的和歌所吟咏的鸟的真身却无人知晓，鹡鸰、朱鹮、麻雀、山雉诸说都不过是臆想。

关于稻负鸟的考证中，最为周密的论述恐怕出自伴信友。在博物志式的论考集《比古婆衣》（伴信友全集第四）

① 将作为奥义的解释记录在切成长条的纸上进行流传的方式。

卷十九中，他详尽列举有关稻负鸟的古今之说，断定这种鸟是"庭叩"，即黄鹡鸰。叙述如次："鹡鸰是很寻常的鸟，而黄鹡鸰只在秋末、稻穗透红的长空里夜鸣，于屋檐、田边、堤堰和沼泽畔觅食些小鱼小虫。其啼声高远清亮，常飞往刈稻过后的田面，因此百姓将此鸟来鸣当作催促刈稻的消息，鸟也因此得名。"

事情缘由我无法理解，但我不由得想起，《古今集》中被当作秘说而加以重视的和歌中，除歌咏"三鸟"的和歌之外，另有其他以动物为主题的夺目和歌。比如南方熊楠在《田边通信》中展开对鹬鸟啄羽和歌的情色考证，"晨晓鹬梳羽，细理翎百回。我犹数君子，多少夜相违"（恋五）便是其中一首。金关丈夫的杰作《木马与石牛》中也以《榻上小序》为题，对同一首歌蜿蜒地展开情色考证，但与本文论旨无关，按下不表。细川幽斋传授给中院通胜的中院文书的切纸中，问题在于题为"虫之口传"的、典侍藤原直子的和歌："海人刈石衣，栖藻蛴自灭。哭号怨己身，不恨情海蘩。"（恋五）栖息在藻中的虫，不可思议地早早就钻进了王朝时代的诗歌秩序里。这虫是叫作"warekara"①的小型甲壳类的一种。"此歌乃此集之眼目，万人须守此歌，秘中口传也。"因此才令人敬畏。

关于这种属于节肢动物软甲纲端足目麦秆虫亚目麦秆虫科，学名为 Caprella 的麦秆虫，我想援引伴信友如下的

① 日语中"われから"与"破壳"、"割壳"、"我自己"同音，在和歌中多被用作双关语。

记述（《比古婆衣》卷十八）：

> 若狭之海有割壳虫，其形小如虾类，似糠虾长止二分又三四分，海藻色带微黄，常遍于海带海藻间。渔翁谓，蜑民虽无意捕之割壳，然与藻同刈则死，故名"自身"、"亲身"。

回到稻负鸟。横井金男的《古今传授沿革史论》中引用了臼井家传的古今传授箱（宝历四年）切纸，其中的"三鸟之大事"对《古今集》中吟咏的稻负鸟做出如下解释：

> 稻负鸟虽名"鹡鸰"，却非言今日有形之鸟，随自然动静生息之德禽也，故暂借鹡鸰之名，咏阴阳动静生万物之理，言鸣则道路流转无所间断。今朝吹风者，以万物风而动，以风化生之理而谓今朝吹风；朝吹者，盖众生祝语；雁来矣者，雁含阴阳往来无穷之意，雁遵阴阳往来，暑时北往，寒时南归，其为德禽之故，可寄雁而悉阴阳往来也，须秘，须秘。

读到这样在歌学上毫无依据的阴阳道与神道思想，空洞无物的秘传内容，我们无论如何都会想起"正因隐秘，道可成道"。说什么"须秘，须秘"，一个人愉悦即可，无须挂心。令人惊讶的是，根据这样古怪的文章来看，稻负鸟并非"今日有形之鸟"，的确是没有实体的幽灵鸟。

正因为它是一向不明实体的鸟，就连《御伽草子》中

《能势猿草子》一篇中的猿，也讲自己在昔日曾被吟咏为稻负鸟，语气里透着微妙的得意。然而事实上，被拟类为猿的是唤子鸟，只因它是猿才不知实情。唤子鸟通常被视作中杜鹃或小杜鹃的异名，它的实体无人知晓，仅有兼好法师称"鹪鸟与唤子鸟相近"（《徒然草》第二百一十段）。在不明真身这一方面，稻负鸟与唤子鸟如出一辙。于是在多年以后，江户前期的池田正式《狂歌百种歌合》中，也有如"古今唤子鸟，歌者亦惘然。不知谁所教，又是谁所传"这样的，大胆揶揄古今传授因袭的讽刺歌出现。

然而一方面，回顾《古今集》原典时，用以表征这些动物的概念内容绝非清晰明了。如同前文所述，我不禁认为，幽灵鸟出现在歌学颓废期的必然性，在最盛期的美学里就已经有所孕育。对此（虽没有直接的关联），三岛由纪夫写过绝妙的句子，那篇文章（《日本文学小史》）我不客气地借来一用：

一百三十四首春歌中，单是摘录出现频率最高的"花"一语，便能明白《古今集》的特色。所谓的花，不是某种花，说法虽有些奇怪，它是极度非人格的花，花的意象作为约定俗成被严密地固定。禁止对花进行分析，特殊化、地域化规定（地方特色）、品种等也均被禁止。此处不可侵犯的"花"有一定的表征，"花"不是"花"以外的任何事物，因此禁止执拗地探寻"花"以外的概念内容，首先这种探寻是无礼的。（着重号为引用者所加）

"花"就是"花"的概念内容也并非从最初起就是空无，至少在《古今集》时代的诗的王国中，这种"花"的概念与外界的秩序保持着平衡，同时充实丰富着自己的内容。然而当概念与外界的平衡被打破，外界的秩序发出巨响后崩塌，诗人们竭力维持的观念秩序便乖离了人们的意愿，注定在贫血中黯然失色。于是《新古今集》的美学逐渐与恋尸癖（necrophilia）类似。即便如此，若恋尸癖仍可以被称为一种美学，不妨说它是高度自律的观念世界的美学，言语秩序的美学。当尸体逐渐分解散发出腐臭时，内容已丧失殆尽、化作空壳的幽灵鸟之观念，便盘旋于被应仁之乱的战火烧得鲜红的中世夕阳天……

弗朗西斯·蓬热（Francis Ponge）执拗地探寻鸟的概念内容，将其称作"使用惊人飞行方式的羽毛袋"（《一只鸟的记录笔记》）。再没有比这更反《古今集》的诗作态度了。即使不提20世纪的蓬热，癫狂错乱的暗喻高手、西班牙黄金时代的贡戈拉①，也为我们留下了名为《红雀——羽毛的竖琴》的绮丽诗句。每当读到欧洲诗人执拗的炫耀的喻法，我都对日本自《古今集》以来奉承的喻法禁欲主义有异样的感触。也有人将《新古今集》的美学简单地归纳为象征主义，在我看来这样的理解甚是危险，至少应将它考虑为与欧洲的象征主义相似而有别，这样才能更接近事情的真相。

① 即路易斯·德·贡戈拉·伊·阿尔戈特（Luis de Góngora y Argote，1561—1627），西班牙矫饰主义的代表诗人。

对欧洲人而言，喻法需作用于对象，不断对对象进行全新的解释，更进一步说，就是流露出了无休止掠夺自然的意志。问题似乎深深地在彼此自然观的差异里埋下了根。在日本诗歌谱系中，即便是《新古今集》那种可谓极稀有的高度洗练的喻法，不同于连歌所谓"相似事物"的手法，也不过是令主观（心象）与客观（自然）重合混响，使彼此渗透交融，最终消弭主客差异的手法而已。我自然不吝于赞扬那种复调式共感的绝妙效果，但我想，在这种情境下，很难在真正意义上实现主客对立。我在前文提到了喻法禁欲主义也正因如此。禁欲主义有禁欲主义的丰饶，这点无俟哓喋。

如同为枯竭的蓄电池充电，中世末期的连歌师和俳谐师，无疑是想走出被划入传统歌学领土、在那已知的自然之外的场所，探寻观念的对应物。一直到芭蕉发现"物"之前，他们都步履迟缓。我偶然读到最近刊载在杂志上的唐木顺三《宗长觉书》，文中提到三十三岁的权中纳言侍从实隆，在六十七岁的宗祇面前深深低下头，恭请赐教古今传授；同样地，在宗祇处居住多年，领受教诲的宗长却与实隆形成鲜明对照，他丝毫没有对秘传的执念，七十八岁时，扬言对于切纸，是"不闻亦不问片纸也"，令人深为感慨。二者随时代变迁，对古今传授的态度差异，在这里都被清晰地勾勒出来。

对"唤子鸟，当世俗所谓姑获鸟"这句俳句，芭蕉做了这样的评述："唤子鸟，予先年谒吟先生，请教此事，答云传授相承，盖于俳谐无用者也。"他似乎在嘲讽，俳句没必要吟咏实体不明的鸟。然而芭蕉又特意向季吟老人询问，说不定，曾经也有几分想知晓鸟儿真身的心情。对一生只作过三句黄莺俳句的芭蕉而言，他的目光，无疑投向了《古今集》的自然之外。

让我尤其感到有趣的，是推测成书于江户后期至幕末、作者未详的闻书《饲莺、菊顶、时鸟秘传》（国会图书馆藏活字版，日本庶民文化史料集成第九卷），这本书记录了三种小鸟的饲育法，狠狠地针对"三木三鸟"进行了形而上学的戏仿。作者的意图自然并非创作一部翻案，他援用了与古今传授切纸中记述没有形体的幻鸟时完全相同的风格，来记录有形体的现实鸟类的饲育法，然而事与愿违，全书充斥着戏仿的效果。封面上，甚至还写着"三鸟之口传，须秘须秘"，作者分明是意识到了古今传授。口传与秘传是中世艺术的特征，不仅和歌，在众多艺术和艺道的门类里都蔓延着"须秘须秘"的思想，在它已不必要的时代里仍残存形骸。我试撷取有关时鸟（布谷）"给饵之事"的一段。

一、十月至来年二月下旬，需铺稿以落粪，四五日一换，总之应防滑倒。但二月末至九月时需铺沙以落粪。夏则需在三日内换沙，暑极时需隔日替换也。

到江户后期，曾作为一种观念的，将中世夕阳天据为己有地盘旋的幽灵鸟，似乎也不得不堕落于地面了。毕竟，从此时起的这"三鸟"，已是会啄食会落粪的"三鸟"了。

＊　　　　　＊　　　　　＊

《堤中纳言物语研究》的作者土岐武治，推测《爱虫的公主》的成书年代在镰仓时代，他推测的根据之一是，螳螂的呼称由平安时代的"ihihomushiri"和"ihomushiri"，变为中世的"iboujiri"和"ibojiri"。很有趣的观点。我孤陋寡闻，无论是平安时代还是镰仓时代，都不知道是否有吟咏螳螂的歌，但可以想象，或许除去虫歌合①这种游戏式的事物，咏虫的歌应是极少的。和歌中出现的生物，在默无成文的约定下，数目极为有限。像麦秆虫那般微不足道的小虫，因其称呼"warekara"而被认定为诗语，不过是特殊的例外。

得以在和歌中吟咏的自然，必须是被和歌传统所决定的、已知的自然。与传统无涉的生物，像螳螂什么的，都无法进入和歌的自然。反过来讲，存在于传统中并被其认定的生物，即便谁也未曾目睹，实体无法参破，它可以在和歌的自然里安详栖息。稻负鸟、唤子鸟、百千鸟，都是这种虚构的生物。而这些生物的概念内涵，谁也无从质询。

我想，这恐怕是确立诗的秩序的必要程序。在《万叶集》的自然里，夷狄与奇兽神出鬼没，古代的荒魂萍踪浪

---

① 以虫为题，作和歌竞比优劣。

迹，就连山川草木，都流淌着瘆人的鲜血。用诗的言语捕捉古代的无秩序，将其再次统合为一个秩序，便是《古今集》顺应时代要求的工作。就这样，整个自然被严整地排置于秩序之中，诗人不再需要亲自探访歌中的胜地，也不必只着眼于那些不被歌所吟咏的生物。

《袋草纸》[①]中有一则有名的轶事。能因法师与藤原节信初次相遇时，前者从怀中掏出锦囊里的薄木屑，得意地说这是兴建长柄桥时的薄木屑。后者也不服输，从怀中取出用纸包裹的风干青蛙，说这是井手之蛙[②]。他们都忠实于诗歌秩序的约定俗成，只注视非看不可的事物。而与和歌名胜无关的自然，或许是无法入他们的眼的。我想这青蛙的干尸与幽灵鸟庶几一脉相承。

虽说如此，诗的秩序的约定俗成固然重要，但又怎能忍受整个自然都被青蛙的干尸和幽灵鸟代表了？事先声明，我并非讨厌青蛙的干尸。青蛙也好，和歌名胜也罢，虽然与它们都毫无瓜葛，我家客厅的玻璃匣里，可是摆放着守宫和龙杂交的私生子的剥制标本。幽灵鸟的美学令人联想起欧洲纹章学冰冷的抽象主义，我不能说不喜爱。否则我也不会写以此为主题的文章。但即便如此，用干尸和幽灵代表整个自然，在观念和现实方面都无法成立。我想证据正是《爱虫的公主》和《梁尘秘抄》。在那里可以亲睹，与

① 成书于平安时代后期的歌论。
② 井手在今京都，当地有玉川清流，古来咏蛙，故"井手"成为"蛙"的和歌修辞。

幽灵鸟的出现意义截然相反的中世，正徐徐拉开帷幕。

翩翩舞兮女巫，枹栎叶兮辘轳。平等院水车兮古鲁鲁，螳螂蜗牛兮随乐舞。

楚楚茨棘下，黄鼬奏横吹。沐猴徘徊舞，蝗螽节拍熙。蟋蟀善钲鼓，钲鼓堪为师。

舞哉舞哉，拖涎蜗牛。尔无起舞，驹犊躏躁。舞洵美兮，华园任游。

猗猗回旋舞兮女巫，枹栎叶兮辘轳。千千陀螺独乐，侏儒舞兮傀儡作，百花园中兮鸟蝶绰绰。

那些在《爱虫的公主》的乐园里登场的小动物，疣毛、蜗牛、稻子麻吕、蟆、蝴蝶等，都如同文字叙述的那样手舞足蹈，与孩子们一同狂热起舞。"舞哉舞哉"、"华园任游"等吆喝口号，在此处听得鲜明动人。事实上在我脑海里，中世灵动的形象之一就在这里。套用黑格尔的话来说就是，将古今传授的"三木三鸟"用作否定的媒介，从中浮现的是作为动物志（fauna）的中世情景。无论是日本还是欧洲，都在中世时期不约而同地兴起了动物故事的风潮，而我想表达的是，那些受诗的约定俗成桎梏的宫廷歌人所无视的事物，到了中世庶民那里，连一只小小的虫子都能显得清楚分明。

读着"蟋蟀善钲鼓，钲鼓堪为师"这样的歌，我不由得忆起在空也和一遍①等宗教家的指导下，敲钲群舞舞念佛②的光景。或是将同时代风靡的田乐舞③与这些歌重合，我想也是可能的。我虽写出了"作为动物志的中世情景"这样的形容，但这并非单单是美辞丽句。我想，在中世民众的群舞里，或许还残存着古老图腾崇拜式的动物信仰。借用燕卜荪的表述，那是"被隐去的牧歌传统"。

我再三提及幽灵鸟，不引几句鸟的歌未免不合情理。

雀儿小，模样窕，山雀黄鸟燕子娇。三十二相俱备之，啄木儿，鸳雄雌，野鹜翠禽小鹏鹏，皆逐波泳川上嬉。

乌凡在世羽必黑，鹭虽经年犹白色。凫项其短能续无，鹤胫其长可断乎？

行往西京过，燕雀杜鹃歌。兹闻靡靡语，浮世好色多。人心怦怦响，我心犹平和。

---

① 空也（903—972），日本平安时代中期的僧侣，被视为天台宗空也派开祖。一遍（1239—1289），日本镰仓时代中期的僧侣，被视为时宗开祖。
② 边念佛经边舞蹈的活动。空也被认为是舞念佛的首创者，一遍上人使舞念佛在镰仓时代大为流行。
③ 原为耕田仪式的伴奏舞蹈，后来在佛教的介入下形式得到洗练，在平安时代中期逐渐成为艺能的一种。

最后一首歌中出现的燕雀杜鹃，均为站在十字路口卖春的傀儡女①和街娼的隐语。这些卖艺卖身、四处流浪，无法成为编户民的女子，显然构成了中世动物志的一部分。"三鸟"之一的唤子鸟，也就是中杜鹃，在此处被转换为情色的形象，这是在庶民社会才会发生的事。

它们原本就是当时的流行歌谣，在这些小诗篇里寻求像《古今集》和《新古今集》那样水准的完成度，应该是不能指望的了。但在《梁尘秘抄》里出现的植物、果物等生物之富饶多姿，在习惯了三十一字素材的禁欲主义者的眼里，无疑是对于迄今仍被隐藏的未知自然的新发现。那里不仅有虫有鸟，还有鱼兽虾贝。稻负鸟和唤子鸟，在这里都没有出场的机会。

*　　　　　　　*　　　　　　　*

确实唐突，但我还想让《爱丽丝漫游仙境》的作者再次登场。刘易斯·卡罗尔少年时代的经历鲜为人知，到十一岁为止他都在柴郡达斯伯里的牧师住宅度过孤独的少年时代，对此，只有传记作者科林伍德（Stuart Dodgson Collingwood）提到过。接着我想介绍一则轶事。倘若不这样做，我便不知道这篇文章该在何处结束。

①　操纵木偶卖唱的流浪艺人。

在平静祥和的家里，男孩发明了奇妙精怪的游戏。他在周围聚集起最珍奇且意想不到的动物。与他最亲密的朋友中，数得上几只蜗牛和青蛙。他还用蚯蚓发动战争游戏，配发给它们小小的管子，令它们可以相互攻击。

我在前文中，比较了爱虫的公主与爱丽丝，不管怎样，爱丽丝的作者也是位"爱虫的少年"。

姐之力

凝缩了如水晶般坚硬透彻的形象，16 世纪前半叶的莫里斯·塞夫（Maurice Scève）可谓法国最初的象征主义诗人，关于他的《女体赋（*blason*）》我曾写过一篇文章 [①]。塞夫与吟咏自然的雷米·贝洛（Rémy Belleau）同为我最心爱的 16 世纪诗人，他远远领先于巴洛克时代，超越晚辈德龙萨（Pierre de Ronsard）和迪贝莱（Joachim du Bellay）等七星派诗人，他所擅长的暗喻和修辞技巧甚至可以径直与约翰·多恩（John Donne）、贡戈拉、圣阿芒（Saint-Amant）的世界紧密相连，我暗自这样想道。但我在这里想提及的并非塞夫，而是一群 1570 年以后的法国小诗人，他们再次复兴了曾经通过以塞夫为中心的里

[①]　即《关于纹章》，后收入《胡桃中的世界》（青土社，1974）。

昂派诗人一度繁盛，又因后来的德龙萨一派避讳而被忽视的新柏拉图主义风格的女性崇拜思想。其中，尤为独特的是诗人马克·德帕皮永（Marc de Papillon），别名拉斯弗雷兹船长，近来因被阿尔贝－马里·施密特（Albert-Marie Schmidt）收入七星文库版《十六世纪诗人集》，对他的评价终于水涨船高。一如波德莱尔曾在某处说过的，每个时代的二流诗人都毫不迟疑地带给我们欢愉，有着一流诗人所不具备的禀赋。

因袭阿尔贝－马里·施密特的称谓，可以称16世纪后半叶反七星派的这群法国小诗人为巴洛克诗人，如同诸多柏拉图神秘主义诗人一般，他们对于女性信奉独特而情色的教诲，即将女性视为参入宇宙秘仪不可或缺的引领者。他们甘愿承受因女性而饱尝的禁欲苦痛，但即便如此，他们在面对女性时也不曾让自己的情欲火焰有所衰微。精神与肉欲成正比，犹如大宇宙和小宇宙的关系般平行并置。女性是世界的细密画，女性的肉体，是他们用不知餍足的渴望之眼追寻探索的、近似隐秘乐园的风景。

诗歌选集《德洛什夫人的跳蚤》（*La puce de Madame Des-Roches*，1579）收录了这一派诗人们的情色诗。虽然单看题目足以带来疑虑，但我想其中的诗句绝非猥琐诗一语便能轻易概括。诗人将自己缩成跳蚤大小，在恋人的白皙肉体上纵横漫步的愿望，如前文所述，就是以新柏拉图主义哲学风格的女性崇拜思想为基础的地理幻想。将大宇宙与小宇宙的关系投射到情色领域，是最无愧于巴洛克之名的幻想。选集中的一位诗人克洛德·比内（Claude Binet）的诗文如下：

涨满似洁白的玛瑙

两座山丘若隐似现

你陶然漫步于

纯白的原野间

白皙与绯红的胸脯

人间难寻的美的沟壑

你纵身一跃

落在她可爱的腋下

小小的隐居里

在盛开的数千株花间

深嗅蔷薇花蕾的芬芳

轻轻咬噬吮吸

你品尝着那枝百合、这枝蔷薇

捻手捻脚地

经过她的乳房与臀

在她的膝上熟睡贪眠

……

像这样，将诗人缩小成跳蚤的幻想称为巴洛克式的幻想，绝非我恣意妄为。就算不是直接化作跳蚤，在比如17世纪的约翰·多恩的《歌与十四行诗》（Songs and Sonnets）中，也有通过对比人类与小动物写成的、享誉盛名的轻妙小诗《跳蚤》。如此看来，大小的相对性，或是辩证法式想象力的嬉戏，实属巴洛克诗歌所独有，这点也不难理解。《跳蚤》的第一节开端如下文：

> 请看这只跳蚤，细看它便会明白
> 你是在多么小的一件事而拒绝我
> 这只跳蚤先是吸了我的血，现在在吸你的血
> 所以这只跳蚤融合了你与我的血
> 这是罪您或羞耻吗
> 这可以叫作贞操的丧失吗
> ……

　　作者在第二小节里，更是称因吸了二人的血而变得鼓胀的跳蚤为"我们婚姻的床、婚姻的神殿"。一看便知，这首诗是对婚姻圣礼的戏仿，然而一味注视作者的揶揄、讽刺与渎神或许有失偏颇。在同样收录于《歌与十四行诗》的《列圣》一诗中，多恩托言于灵鸟中雌雄同体的不死鸟（phoenix）之神秘，高歌那使"两个人合二为一"的、恋爱中至上的特权瞬间。他在某种意义上也与克洛德·比内一样，想亲自化身为蚤。虽说不死鸟是光明，而跳蚤是暗影，二者不甚相同，但若深究，它们不过是同一

原理的不同表现。

诚如所见，诗人将女性视作一个世界或一道风景，将自己缩小为渺小生物的这种愿望，是巴洛克时代极为寻常的手法。若能认同这一点，波德莱尔《恶之花》中闻名遐迩的《女巨人》里的梦想，便不再令人惊诧。无论是比内梦想着成为跳蚤在贵妇人"膝上熟睡贪眠"，还是波德莱尔嗜好在青涩的女巨人"乳房的阴影里悠然入梦"，两者间相差无几。倘若将此命名为"巨女愿望"，那么波德莱尔这样的，被如此愿望附体的诗人应当不在少数。在《致某位圣母像》一诗里，诗人在自己心中修建的祭坛上，安置了直干云霄的巨大圣母像。读者可能也注意到，这个可能跟人类一般古老的愿望，在近日，被意大利导演费里尼频频搬上银幕。

究竟为什么，在我们梦想中的性爱关系里，只有女性变得巨大，而男性变得渺小呢？然而，这个问题可能本身就是愚蠢的。之所以说它愚蠢，是因为只要设想相反的情况便可立即得知——女性变成小小的跳蚤，在男性巨大的肉体上漫游的意象，既不漂亮，也煞风景。首先，在男性的肉体上，并没有适合小型生物钻入的、那种原始时代的隐遁之处，没有能够无限编织出我们梦想的洞窟。也没有山、岩石和水，不是吗？很遗憾，男性的肉体无法成为风景和宇宙——这虽是玩笑，但多半是认真的玩笑。

和巨大的白蚁女王一样，古代末期宗教综摄（syncrétisme）的时代里，低垂着许多乳房的大地母神像都是巨大的。在《日本灵异记》①及《法华验记》②一类传说中频繁出现的千手十一面观音像，自飞鸟时代以来，也多被制作者呈现为女体。我想，在巴洛克小诗人们和波德莱尔渴求的"女巨人"背后，或许似有若无地摇荡着人类共通的神话女性形象。

*   *   *

这篇文章题为《姐之力》，事先声明，这一命名并非由我独创。其优先权在林达夫③手上，我不过是擅自借来一用。不仅如此，还要说明的是，文章的内容多源自我与他的谈话。

在林达夫关于柳田国男《妹之力》的短文里，他提及读到这篇出色的文章时首先想起的，是"法兰西宗教文学的三大纪念碑：帕斯卡《思想录》、夏多布里昂《基督教真谛》和勒南《耶稣传》"，更深远的联想，则是"希腊悲剧中有名的女主人公安提戈涅与厄勒克特拉"。"这或许当属于'姐之力'的主题。思念弟弟的鼓舞者，比男人更坚贞不屈的行动者，这样的姐姐类型在日本也有森鸥外乐于援用，他的《山椒大夫》以及诸多作品都与此相关。"他写道。

---

① 相传是日本最古老的故事集，共收入116则故事，作者为药师寺的僧人景戒。
② 成书于平安时代中期的佛教故事集，作者为比睿山的僧人镇源。
③ 林达夫（1896—1984），日本思想家、评论家。著作多为西洋精神史与文化史。

我一察觉到就信手记下，说不定，柳田国男"妹之力"的题名就出自鸥外渔史。《涩江抽斋》第三十三节中，有五百在结婚前为出入吉原的哥哥向父亲求情，"荣次郎借助妹之力免于被逐出家门，暂且谨慎行事，不再外出"（着重号为引用者所加）。当然，这是我极不负责的空想，如有异议，我可以收回。与秉性顽劣的我不同，柳田或许从来不做从他人的文章里盗取题名的事。

对此先按下不表，确如林所言，至少鸥外所喜的、在多本小说中登场的女性类型，比起"妹之力"，或许称为"姐之力"更妥帖些。林用心补充道："这与该女性的男性亲属年龄长幼无关。年龄上的妹妹也可能成为'姐姐'，反之亦然。"这是再自然不过的事。进一步来讲，即便与男性之间并非血亲，精神上的"姐姐"也通常可以成立。鸥外的小说中，实际有血缘关系的姐姐除《山椒大夫》的安寿以外，还有《护持院原伐敌》的理世和《最后一句》中的阿一，而《安井夫人》的佐代、《爷爷婆婆》的伦、《榻原品》的品，以及《涩江抽斋》的五百，也都作为妻子发挥着"姐"之力。

若从精神病学的角度，审视柳田国男提出的"妹之力"与"妹神"[①]的信仰问题，立刻会使日本人心性深处的姐弟不伦、兄妹不伦的主题浮出水面。精神病学学者小田晋说道，在日本，与欧洲对同性恋冲动的抑制发挥相同作

① 冲绳地区的信仰，将妹妹视作哥哥的灵力守护神。

用的，不正是对异性同胞间性爱的抑制吗？我对这个假说非常感兴趣。然而，这一问题与论旨并无直接关联，援用仅作参考而已。

我丝毫没有为鸥外辩解的意欲。从前我就认为，鸥外写下多余的文章《因袭历史与脱离历史》，对他自己而言，不已是极大的损失了吗？正是因为使用了"脱离历史"这样暧昧不清的词语，作为说经①《山椒大夫》的近代版故事而为人熟识的小说《山椒大夫》，才被后世虎视眈眈的学者与批评家死咬不放，逐一摘出显眼的薄弱之处。事实上，说经中血肉模糊的残酷场面在小说中已被大幅削弱，特别是天王寺的场景被鸥外舍去后，说经固有的逻辑也崩塌了。不过，这是出于将说经视为原典，或者说至少将其视作历史的观点。如果脱离这样的观点，我想情况会迥乎不同。原本是唱导文学，对于通过频繁使用"可悲可怜"等套语，以催听众落泪为目的的说经式讲谈的脉络，援用原典或历史的观念未免有失妥当。就算不是原典，称其为"最古老的 version（版本）"也不为过吧？

昭和四十七年②以《日本御伽集》为题再版的《标准於伽文库》(大正九、十年③初版)，在这一方面可以告诉我们许多至今不为人知的事情。据撰写解说的濑田贞二所言，

① 镰仓末期至室町初期从或歌或诵的传教说法"唱导"演变来的民间表演艺术。《刈萱》《信德丸》《小栗判官》《山椒大夫》《梵天国》合称"五说经"。
② 1972年。
③ 1920、1921年。

包括这个《文库》，与小说《山椒大夫》志趣完全相同的儿童读物，"根据最近横山重的调查，或许都是从延宝年间①的《插图版山椒大夫》（三卷）处撷取了要点"。与松村武雄、铃木三重吉、马渊冷佑一样，同为《标准於伽文库》编撰者的森林太郎，似乎非常积极地参与了这个推动日本民间文学稳固流传，以为儿童谋福祉的计划。卷末的解说文章里，推断出自鸥外手笔的，至少有《传说篇山椒大夫》一篇。在阿尼姆（Ludwig Achim von Arnim）和布伦塔诺（Franz Clemens Brentano）的邀约下，燃起搜集民间故事热情的年轻的格林兄弟想必也是如此。

从这篇端正的解说文章中，可以一目了然地读到，对于鸥外执笔《山椒大夫》时无疑查阅过的资料的考证，论述切中肯綮；而对于安寿与厨子王的传说，除说经的正本之外，自古以来，还有数目繁多的版本口耳相传。比起论旨暧昧不清的《因袭历史与脱离历史》，鸥外不是更应该将这篇文章作为辩白来发表吗？

虽说如此，鸥外在小说《山椒大夫》里，特地大幅度修改了说经正本的框架，他想表达的根本无外乎是长女安寿的生存之道，即林达夫所言的、作者心爱的"姐之力"。安寿决意赴死后，痛快地被铰断黑发（如厄勒克特拉般！），让弟弟遁入山间后自己投水而亡的部分——这个将说经文本延长数倍，纯属鸥外个人创作的部分（说经

① 1673—1681年。

中安寿被大夫一家戕害），无疑是这部小说的高潮之一。作者几番强调安寿决意赴死时赫赫奕奕的神情。经鸥外之手，强调奇迹与残酷的这个中世风格的陈腐故事，脱胎换骨为赞美"姐之力"的成人童话。不如此想便无法做出自洽的解释，而此处，已既非因袭历史，也非脱离历史。

在佩罗（Charles Perrault）的童话中，小红帽赤裸身体钻到大灰狼的床上，整个被大灰狼大口吞噬而亡；而在格林童话里，偶然路过的猎人用剪刀剪开狼的肚子，救出被吞入腹中的老婆婆与小红帽，残酷的气息被削弱，变为脍炙人口的大团圆结局。我爱佩罗童话里符合中世纪民间传说的气质，单纯而荒蛮的残酷，但也无意因此批评将故事考究地改写成近代风格的格林。

如同格林童话引来批驳，鸥外笔下的新童话同样难免招致诸多批评。如前文所述，小说《山椒大夫》悉数删去大夫被三郎用竹锯砍杀，以及厨子王站不起身，被土车拉去天王寺，成为百名稚儿若众[①]的笑谈等悲惨场面，只能牺牲作为说经之根本的复仇故事及复活故事那强烈的暗黑面。然而，反过来看，作品通过近代小说的手法，清晰凸显了同是说经本质主题的"姐之力"，向在我们精神深处流淌着的神话女性形象，施与了光明的救赎。这种形象从说经中的负片，被反转置换为鸥外作品中的正片，同时开辟了通往普遍性的道路，在这一点上，我认同作者所讲的

---

① 指在公家、武家、寺院等被使唤的少年。

"阿波罗式"①的意义。我想认同这点也未尝不可。

虽说如此，我却不认为这篇小说在鸥外作品中具有特殊地位。只是，经论者之口太多，这部作品成了意识形态上被围攻的靶子，我在此不过想提出些许不同的观点。曾经从林达夫处听来"姐之力"主题的花田清辉②惊叹道："确实是我未曾梦想过的崭新说法。"（《方法概论》）对我而言，或许也有不愿让少年时初读之际的感动，随着成年后的读书体验风化的一种心情。我想，这样的作品存在也无妨。说到"姐之力"，被沟口健二积极拍成电影的泉镜花的众多作品，如《白绢之瀑》、《日本桥》和《卖色鸭南蛮》，它们在风俗乃至心理的意义上，都恰如其分地符合这个称呼。不，也许可以说，泉镜花的全部作品，就像是以"姐之力"为果核凝聚而成的一团甘美的果肉。

对于保护了少年特里普托勒摩斯的女神得墨忒耳和珀耳塞福涅，J. E. 哈里森（Jane Ellen Harrison）曾在《希腊宗教研究概论》中写道："这种关系具备守护神的特征，介于母亲与爱人之间。""不去追求完成自我，而是为了自己选择身在远方的英雄，鼓舞他们，并施与保护。此外，不向英雄谋求爱与崇敬，而是期待自己为对方做出凛然的举动。"这难道不正是明示"姐之力"神话源泉的文章吗？

"姐之力"自然是与"妹之力"异曲同工的。照此推

---

① 即尼采主张的与酒神对立的日神精神，象征调和与秩序。森鸥外在小说《青年》中便提及"严守精神自由，分毫不让步方为阿波罗式"。

② 花田清辉（1909—1974），日本作家、文艺评论家、日本前卫艺术论先驱者。

演下去，便顺理成章与石田英一郎提及的"桃太郎之母"相遇，即陪伴着男性幼神的大地母神形象。不仅是《山椒大夫》的安寿，说经中几乎所有女主人公，无论是《小栗判官》的照手还是《信德丸》的乙姬，都以毅然赴死的自我牺牲，庇护着柔弱无力的男主人公，背负着从不合理的境遇中救出主人公的使命感，与大地母神的形象重合。这形象同时又是身为"变成男子"①的菩萨，因此本质上也是留存着母性神明慈悲性格的观音。观音在被佛教习合前因袭了大地母神的传统，在西乡信纲的名著《古代人与梦》中对此有如下论述：

> 观音的前身以印度教为媒介，与自中近东至希腊的地母神谱系产生关联，这一假说给人以坚实稳固的感触。至少自汉译佛典以来，在《法华经》中，观音作为菩萨化身成为男子，而在中国和日本又恢复了其身为女神的本质，也是众所周知的事实。对于宗教教理从生活中抽象出的事物，民众几乎出于本能地遵从自己生活上的欲求，将其夺回，令它再次接近始源。

或许会令人感到意外，我在读到这篇文章时，脑海里首先浮现起的，是那位富有江湖术士（charlatan）气质的 17 世纪德国埃及学者阿塔纳修斯·基歇尔（Athanasius

---

① 大乘佛教中通常认为释迦死后女人难以成佛，需先变成男人后成佛。

Kircher）的名字。早在遥远的三百年前，基歇尔就提出中国和日本的观音与埃及的伊西斯女神同源，这个超乎常轨的学说惊动了学界。将封闭在狭窄特殊性中的宗教与文化的历史，开放给辽阔的普遍性之地平，或许他才是世界上最初的学者。无论他的意图如何出于无意识，推论如何恣意，论据如何模棱两可，他的直观能力都深不可测。从许久以前开始，我便怀着特殊的文学兴趣注视着这位名为基歇尔的人物。

主题从巴洛克诗人的"巨女愿望"起，经由鸥外的"姐之力"，变成作为大地母神的观音，我这篇醉汉文章，将在此再度转变方向，将舞台移至欧洲。

＊　　　　　　＊　　　　　　＊

关于埃及学，基歇尔有三部主要著作：首先是1636年在罗马刊行的《科普特概论》；其次是1652—1654年在皇帝斐迪南三世的援助下，同样在罗马刊行的《埃及的俄狄浦斯》（*Oedipus Aegyptiacus*，全四卷）；最后是1667年在阿姆斯特丹刊行的《中国图说》（*China illustrata*）。据传这些稀觏珍本部分藏于东京的东洋文库，我还未曾见过实物。

起初研究科普特语时，基歇尔便萌生了有朝一日要解读古代埃及象形文字的野心。然而经他之手的象形文字翻译妄诞恣肆，如今看来，他的翻译就如同商博良（Jean-

François Champollion）之前的许多学者那样，显然没有一处正确的。可以说在埃及学研究史中，他的名字占据了极不名誉的位置。最热心研读基歇尔著作《埃及的俄狄浦斯》的人，或许是法国19世纪诗人热拉尔·德内瓦尔（Gérard de Nerval）。这部书第一卷中所插入的女神伊西斯的版画，虽是基于阿普列尤斯《金驴记》的作品，却为那位毕生追求"巨母"的诗人带来了极大影响。在最后一部著作《中国图说》中，基歇尔比较了汉字与象形文字，在此处也构建了随意而独断的理论。

简单介绍一下他那随意而独断的理论。象形文字本是挪亚的儿子们在大洪水发生的三百年后，为支配世上全部土地而发明的。其后挪亚之子含的子孙携埃及人远征中国，在中国开辟了埃及人的殖民地，埃及文字便传到了中国。中国最初的皇帝从含的子孙处直接接受教育，因此汉字与埃及文字同源。然而，埃及人只教给中国人用来表达思想与感情时必要的基本文字，后来中国人在习得知识并获得进步后，便基于自己的立场，发明了与埃及文字截然不同的表意文字……

基歇尔从未离开欧洲，更不可能远渡中国。他从事科普特语研究的契机，是当时名声显赫的东洋旅行家、意大利人彼得罗·德拉瓦莱（Pietro della Valle）将他从东方带回来的科普特 – 阿拉伯语词典赠予了基歇尔。1644年时他复制了词典，添上了自己的语言学注解，然后付以出版。自那以后，他成为埃及学的权威，受到皇帝庇护，投入到前述巨著的编纂工作中。他原本就是耶稣会会士，关于当时东洋和中国的信息都由他一手掌管，地位上也十分有利。况且他还有渊博的知识和令人敬畏的好奇心。

《中国图说》是不断兴起的欧洲汉学的一部纪念碑式作品，1668年德语和荷兰语译本、1669年英语译本、1670年法语译本相继出版，由此可见其影响之深远。书中收入的插图珍奇而空想联翩，惹人注目。作为客观资料的价值虽少，但若是换一个角度来眺望，比如人类的想象力面对未知的事物时，会构建出怎样奇妙的幻影，本书就是妙趣横生的文献。

在序文中，基歇尔介绍了自己所使用资料的出处，首先被提及的是意大利耶稣会会士卫匡国（Martino Martini）。他有《中国新图志》等诸多著作，在数学领域师从基歇尔。此外还有在明永历帝宫廷里活跃的波兰耶稣会会士卜弥格（Michał Piotr Boym），和曾驻留中国八年的奥地利耶稣会会士白乃心（Johann Grueber）等人。同时，也有书中虽未被明确记录，却被基歇尔大幅利用的信息源，那就是死于北京的利玛窦（Matteo Ricci）的回忆录。1615年，法兰西耶稣会会士金尼阁（Nicolas Trigault）将之翻译成拉丁语出版。书中有几处几乎照抄回忆录的内容，偶尔夹杂些自己的独断。而埃及这个词语的出现，可想而知就出自他的独断。

《中国图说》第三部《关于中国的偶像崇拜》一章中，谈到中国有三个宗派，即儒教、佛教和道教。这三个宗派刚好对应着三个阶级，与埃及国家分为僧侣、学者和一般民众三个阶级一样。无论在何种场合，基歇尔言不称埃及就难受。比如，他写道，"儒教始祖，哲人王孔子，像希腊人称为赫耳墨斯·特里斯墨吉斯忒斯的埃及的托特一样接受礼拜"。他接着说道："如同埃及的学者只礼拜唯一的神，中国的知识阶级除孔子之外不设任何偶像，他们只尊崇被誉为天帝的唯一神格。"

中国的第二个宗派佛教，如同毕达哥拉斯的宗教一般，相信多重世界与灵魂轮回，基歇尔说。毕达哥拉斯的学说从印度传到中国，复进入日本。"佛教的寺院里，充斥着恐怖得远超想象的大理石制、青铜制、木制和陶制的恶鬼。"据基歇尔讲，这些也是从埃及经由印度传来的。

有趣的是关于端坐在花萼上的佛教众神的叙述。这些神中占据第一位的是日本的阿弥陀，据基歇尔讲，他等同于埃及的哈尔波克拉特斯①，也就是幼童荷鲁斯②。无须多言，荷鲁斯是大地母神伊西斯在没有丈夫的情况下生下的儿子，也就是小人神③。奥西里斯到很后来才作为伊西斯的配偶登场，荷鲁斯则是远比他父亲更古老的神格。荷鲁斯一般被描绘为坐在母亲膝头、长发裸体的孩童形象，而据亚历山大城的圣革利免及扬布里柯所言，在埃及他常以坐

---

① 古希腊神话人物之一，由古埃及神灵荷鲁斯发展而来，被古埃及人视为每天早晨升起的太阳。

② 古代埃及神话中法老的守护神，是王权的象征。幼童荷鲁斯被描绘成裸体男孩与母亲一起坐在一朵莲花上。这种形态的荷鲁斯是一位生育之神。

③ 即小个子神明，如一寸法师、桃太郎等。

在莲花里的姿态出现。又据普鲁塔克所言，这位伊西斯的儿子，是新生太阳的象征，被表征为从睡莲中探出头来的孩童。以上出自《探求伊西斯》（*La Quête d'Isis*）的著者尤尔吉斯·巴尔特鲁萨蒂斯（Jurgis Baltrušaitis）饶有兴味的解说。

然而若仔细观察刊登在基歇尔的著作《埃及的俄狄浦斯》及《中国图说》中的阿弥陀图，就会发现其中身影是一位双手执念珠，盘腿而坐，身着奇装异服的东洋人，说是佛像又不合常理。同样不合情理的，还有端坐在从水中伸出长茎，如睡莲般奇妙的植物的花上，从头到脚裹满衣物，脸部周围描绘着放射状太阳光线的中国观音像。基歇尔称她为中国的伊西斯。

直到20世纪，从巴基斯坦西部的塔克西拉，及阿富汗迦毕试发掘出的贵霜帝国时代的美术品中，有许多疑似从亚历山大城传来的哈尔波克拉特斯像和伊西斯像。探寻从埃及到印度直至中国的大地母神谱系的人，恐怕会从中寻觅出线索，将其向东西两个方向延伸解读。即便在图像学上一塌糊涂，我想基歇尔的直觉在大体脉络上没有偏差。

据 J. 维奥（J.Viau）的《埃及神话》中所述，"觉察到赛特的企图，在孤独中悄悄长大的伊西斯之子，他在出生时虽赢弱，却在母亲的魔法庇护下，逃过了诸多危难、野兽威胁和脏腑病痛。这种回忆保存在咒术师们用来治愈病人的咒文里"。这不正是"信德丸"和"姐之力"的埃及版本吗？

生活在文艺复兴时期的全能者与 18 世纪的百科全书派之间，兼具这两种类型于一身的阿塔纳修斯·基歇尔因他独断与非科学的精神，在今天已是被遗忘的思想家，尽管如此，我仍认为他的直觉能力很值得学习。他兴许怀有"姐之力"是普遍之物的信念。仅这一点，便已胜过任何做学问的方法，我想这是极为珍贵的。

　　对欧洲之外的文化，阿塔纳修斯·基歇尔不知餍足的好奇心和诠释方法的任性独断，都令我不禁想起那位写下《诗章》的诗人，20 世纪破天荒的东方学者埃兹拉·庞德（Ezra Pound）。他也是为象形文字汉字的魅惑所俘虏的欧洲人之一。在《比萨诗章》（*The Pisan Cantos*）中，为了将收容所里的幽闭生活转化为理想世界，他频繁为大地母神献上祝福，唤起观音的形象。这可是出于偶然？

付喪神

近来我读花田清辉的《室町小说集》，从中发现了两个看似毫无瓜葛、实则无疑有着重大关联的段落。本文便想从此处着笔。

　　这两个段落，其中一处是《室町小说集》中的《画人传》里的百鬼夜行，另一处是《力妇传》里出现的井光。众所周知，前者为室町时代独有，是出现在御伽草子插画中的器物妖怪们的游行，后者在《古事记》与《日本书纪》里均有提及，是住在古代吉野的有尾人（Homo caudatus），也就是有尾巴的人类。两者都与人类相似却不是人类，是等级在人类之下的动物，或是与自然物相近的生物，又或者不如说是与无机物相近的生物。将井光看作人类以下的存在或许有失妥当，简单来讲，它们无外乎都是妖怪。花田清辉用他独特的嗅觉，在历史与文学中挖掘出这些奇怪的事物，并将聚光灯打向它们，每每令我以为实在高明。感触因人而异，也有对此提不起兴致的人，但对于像我这样，喜欢将人类文化的历史视作一种博物志式的连续的人而言，它散发着难以言喻的无可抗拒的魅力。实话实说，在关于百鬼夜行和井光方面被花田清辉远远甩开，我多少是有些遗憾的。

譬如，有批评家郑重其事地说，花田清辉一向将目光投向历史的转型期，他本人也频繁将转型期一语挂在嘴边，而在我看来，这样的意见却难以轻易接受。正如林屋辰三郎的说法，所谓历史，本不都是转型期的连续吗？即便不搬出赫拉克利特的原理，若用目光可以穿透墙壁的彼奥提亚猞猁的眼睛来眺望，历史、社会、文明，也都时时刻刻如慢放电影般缓缓发生变动。即便对此暂且不提，我想，驱使人们提起笔写下小说和文章的，绝非"转型期"等内容空洞的一般概念，而一定是在当时的室町时代之下，存在的某种充溢着灵动具体之形象的概念。不，即便是混乱的形象横溢的室町时代，或许也仍然缺乏使小说家和散文家挥笔的具体性。须是更为个别化的概念，如御伽草子和百鬼夜行。在这里，形象才生机勃勃地跃然纸上，拥有驱使小说家提笔的具体性。

要言之，花田清辉生性对百鬼夜行和井光有着极为特别的感受力与嗜好，作为结果，他才一直将目光朝向转型期。而世上众多批评家的逻辑，却与此截然相反。没有具体的形象先出现，又为何在稿纸上落笔呢。

动物先于人类，无机物先于动物，这是花田清辉自《错乱的逻辑》以来的一贯主张。我从前也写过，从初期直到末期，花田作品的题目中频频出现动物的名字，这带给我某种感动。这样奇特的人，就我所知，还未曾在别处遇见过。因此我认为，花田清辉对动物的喜爱，已化作他思想的血肉。我想这也与他对博物志、童话、乌托邦文学、文艺复兴、变形故事以及御伽草子的嗜好有关。若再次揪着转型期不放，也到察觉这些主题才是转型期精神的具体表现的时候了吧。

室町时代以绘卷形式流传的百鬼夜行图里，百鬼的姿态有时被表征为动物，如虎如狐如猿，与此同时，如前文所述，也有被表征为长了手脚的器物妖怪。借用花田清辉的话说，器物有"铠、兜、弓、长刀、镫等武器一类，琵琶、琴、笛、太鼓、笙等乐器一类，镜、灯台、火盆等家具摆设一类，还有形状奇怪的各种佛具一类"。说明这些器物妖怪由来的，是御伽草子中的《付丧神记》，我想以此为材料写下拙文。由此或许可以揭示，在我们对"物"的精神中，分裂成恐惧与魅惑两种方向的奇妙执着。

*　　　　　　　*　　　　　　　*

《付丧神记》的开头频繁被人引用，想必熟知者也不在少数——"《阴阳杂记》曰：器物经百年，因得化精灵，诳人心，此号付丧神云。由是世俗每年先于立春，家家户户捡出旧什物，弃置道中，是谓'年末大扫除'。此即免遭百年一度之付丧神灾难也"。据花田清辉所言，"将旧什物视为鬼，认为单是这一种鬼肆意妄为地占领了夜的黑暗，这种观念正是与室町时代气质相符的对《百鬼夜行》的唯物论式解释"。而我的看法却与花田有些不同。我认为那不是唯物论式的解释，而显然是物神论（fetishism）式的解释。

与《土蜘蛛草纸》①和《化物草纸》②相同，在多数土佐派③画家笔下的《付丧神记》及《百鬼夜行绘卷》插画里出现的器物妖怪都弱不禁风、魄力全无，隐约还有些诙谐滑稽，与《北野天神缘起绘卷》所呈现的，地狱里如格斗家般肌肉隆起的赤鬼、青鬼相比，宛然不属同一种族。然而对于当时的人们而言，弱不禁风的器物妖怪与威风凛凛的地狱赤鬼、青鬼相比，孰更令人毛骨悚然，我想恐怕是前者，因为地狱的形而上学已经崩塌。即便弱不禁风，能与物质而非崩塌的形而上学产生联系的妖怪，其存在远要令人不寒而栗。

在欧洲，石浮雕和壁画的地狱图里丑恶的恶魔曾令民众陷入无穷无尽的恐怖，而这种倾向到哥特时期便几乎偃旗息鼓，自那以后，恶魔艺术逐渐式微。日本的地狱绘亦如此，杰作纷至沓来的时期到镰仓时代为止，在室町时代

① 日本绘卷，讲述源赖光退治土蜘蛛的故事。现存最古老的《土蜘蛛绘卷》为14世纪的版本。
② 妖怪绘卷，推测作于室町时代后期。
③ 日本大和绘画派，从南北朝时代至室町时代，200年间担任朝廷御用画师，作品风格精致优雅。

制作的六道绘①几乎不值一提。地狱观念日渐稀薄后,强烈的恶魔艺术也再没有开花结果的理由。器物妖怪或许可以视为在上一时代的地狱形而上学崩溃后乘虚直入、席卷归来的"物"。某种形而上学被摧毁后,如果人们不知不觉间放松了警惕,那么"物"就会突然卷土重来。

因此这些旧什物之鬼,并非如花田清辉所言,是"王朝时代《百鬼夜行》凋零破败之姿",而应是以其他事物为基础的、人类恐惧的物质表现。我想称之为 fetish(物神)。

Fetish,源自葡萄牙语(feitiço),自德布罗斯②以来,一时风靡宗教学、社会学和心理学领域,如今这个词语略显颓势,在这里,我想援引的是"被注以生命的物体"一义。无须多言,在古代,物神俯拾皆是。对古代人而言,山川湖沼自不必说,某些动植物、石头、贝类和玉都寄宿着自由的灵魂。灵魂独立游离,在物体间自在出入。据折口信夫③所言:"物即是灵,指与神相似、等级低的庶物精灵。"这不正是物神吗?"物神"这一译语,在折口式意义上吐露了 fetish 的真相。

物神的古代世界,换言之,便是《古事记》和《日本书纪》中所描绘的"苇原中国,其磐石、树根、草叶,犹能言语,夜晚若熛火喧响,白昼如五月蝇沸腾"的世界。《出云

---

① 以佛教六道(地狱道、恶鬼道、畜生道、阿修罗道、人道、天道)为主题的绘画。

② 夏尔·德布罗斯(Charles de Brosses,1709—1777),法国启蒙主义时代思想家、比较民族学者、人文主义者。

③ 折口信夫(1887—1953),日本民俗学者、国文学者、国语学者,同时也是歌人、诗人。

国造神贺词》中有一节为"夜如火瓮光神在"，在我看来，描绘的正是在山野间浮游的古代灵魂。想象为五朔节之夜（Sankt Walpurgisnacht）[①]飞行盘旋的鬼火也未尝不可。

随着时代推移、物质文明进步，物神的数目也理所当然地愈来愈少。人们开始变得将信将疑，从那些曾被笃信寄宿着灵魂的物体上，灵魂也徐徐剥离脱落。于是灵魂被逼入绝境。然而与此同时，倒也有失去容身之所的灵魂，在古代不为人知的技术生产物里，重新寻得居所的现象。也就是说，走投无路的灵魂觅得了新的栖身之所。原本的居所，只有岩石草木一类自然物，或是极为单纯的玉石、镜子等生产物，而随着技术的进步，复杂的什物得以被生产，灵魂反而更容易找到居所。原本什物便是人类的一部分，什物与人类的关系向来是自然与人类关系的临摹，想到这里，什物最终取代了自然，成为灵魂的栖息之处便不难想象。采用更为极端的说法，什物是自然的替代物，是第二个自然。所以才会轻易出现物神。我在想，室町时代的器物妖怪不就是这样吗？

"大扫除时，古旧什物被胡乱丢在路旁，是取代它们的新种类什物被大量生产的体现，诉说着室町时代生产力的迅猛发展"，花田清辉这样写道。然而正是因为有这样的社会基础，旧什物才可能成为物神。正如在现代，汽车与摩托车、钢笔与打火机成了物神。

① 流行于欧洲中部和北部的一个传统的春季庆祝活动，每年4月30日晚至5月1日举行。

早在王朝末期的《今昔物语》里，就载有走投无路的小小灵魂钻入各种物体中的事件。卷二十七《灵鬼》一篇中，能找到《冷泉院水精》（第五话），《桃园抱柱空穴中幼儿伸手招人》（第三话），《出土东三条铜精变为人形》（第六话），《鬼变木板至人家杀人》（第十八话）和《鬼变油瓶伤人》（第十九话）等怪异的事例，在此处浮游的灵魂"小神"（折口信夫语）钻入水、柱、铜器、木板和油瓶等物体或工具里，给人们带来危害。这些小小的神明分散的叛逆，最终形成了有组织的大型集团，发展为室町时代"百鬼夜行"的游行队伍。

　　以大扫除为名目，那些被洛中洛外各户人家丢弃的古旧什物，聚集在一处，正在举行气氛紧张的合谋会议，《付丧神记》的故事就从这里开始。这与被不正当解雇的劳动者们同公司展开势力斗争相似："唉，我等做了各户家具多年，尽忠奉公，不仅未获恩赏，反被弃置街头，遭牛马践踏，岂不恨中有恨！终竟如何也要化作妖物，报仇雪恨。"我想，此处表现了被人差使，百般辛劳却未获嘉奖的旧什物们彻骨的怨恨。众什物中最初有些争执，不久后众议一统，决意化身成妖怪。化为妖怪则"须待本次节分，阴阳两际反置，由物得以改形之时节，我等虚其身，循造化之手而成妖物"。

　　待节分之夜到来时，"各自以身托虚无，入造化神怀中，彼等已有百年之功，造主又备变化之德。彼此契合，忽化为妖。或现男女老少之姿，或变魑魅恶鬼之相，或呈狐狼野干之形。形形色色，甚是可怖者也"。

古旧什物的这些妖怪，将住所定为船冈山后方，长坂的深处，移居到那里后频频出入京都白河，掳走人和牛马，筑起肉城建成血池，终日饮酒欢歌。俨然大江山的酒颠童子一行。某日妖怪们谈起："我国自古以来均信仰神道。我们自造化神授与形体，理应信奉神道诸神，举办祭典。"于是便修建了名为变化大明神的神社。神主与神乐男也一并选定。随后还搭好神轿，装饰山车，在卯月初五日深更，沿着京都一条列队向东方行进，终于是百鬼夜行出发之时。

为临时除授而入大内拜访的关白大人，刚好撞上了妖怪们的深夜游行队伍。随行侍从都吓得倒地，只有关白大人不声不响，在车里窥看妖怪游行。不可思议的事情发生了，只见关白大人贴身的护身符突然喷火，转眼间化作无量的炎火攻击妖怪，它们招架不住，摔倒逃窜，一哄而散。这位关白大人的护身符不必多提，是自古相传在驱散百鬼夜行妖怪上发挥着巨大效力的尊胜陀罗尼。

《付丧神记》的故事到这里还没完。下卷中，妖怪们随后回心转意，彻底悔悟此前的乱行，遁入佛门，积累修行，纷纷成佛。这个宗教说教意味浓厚的下卷，对我们而言自然没有上卷来得有意思。但是，凭此即可发觉，百鬼夜行是阴阳思想与神道思想的混血儿，此外还有佛教思想糅合其中。如同花田清辉所述"奇形怪状的佛具一类"，百鬼夜行图中也有佛具直接变成妖怪的例子，还有妖怪手执佛具、肩披法衣的图景。

顺带简单介绍一下同样出自《御伽草子》的《化物草纸》中物神般的小妖怪。《化物草纸》由五个怪异故事拼凑而成，其中两则完全是器物妖怪的故事，最后一则，我想大抵也属于同一类故事。

有一女人幽居在九条附近荒废的宅邸里，某天一个人食栗子时，跟前的地炉里伸出了白色的手，似乎在比划着说请给我栗子。给了一颗后，又伸出手来。如此重复四五次，才告休了。翌日，女人检查地炉时，发现有一柄小勺掉落在夹缝里。下一则故事，同样是女人独自在晚上念佛时，一位耳朵很高的法师从拉门处探出头来，反反复复偷窥屋内。第二天夜晚也是如此，女人感到不可思议，清晨时去探寻究竟，只见一口把柄断裂的旧铫子滚落出来。另一则故事，是讲一个独居在山村的女人，内心孤独无依，自言自语道"谁来做我的丈夫"，黄昏时分，就有个手执弓矢的男人来访，当夜留宿。从那以后男人每晚都来留宿。一天清晨，在男人离开之际，女人在他衣服上穿了线头。女人循着线寻找，发现他是田间的稻草人。

最后一则故事，显然来自三轮山的大物主和活玉依毗卖的线轴传说[1]，即便如此，对方是稻草人的情节依旧出彩。自《古事记》中的久延毗古以来，稻草人便一直是神与人、人与器物的混血儿般的存在。而三轮山的大物主本来不具

---

[1] 《古事记》中，每晚都有一位陌生男子造访美丽的女子活玉依毗卖，使她怀孕，女子的父母感到可疑，就教会女儿把麻线穿在针上。待那男子来时，把针别在他的衣服上。第二天早上循线探访，发现男子是三轮山的大物主神。

备人格，是来去自由、眼不可见的精灵（物）之王一类的神明，也就是随处可见的物神的总统帅，在《化物草纸》五则怪异故事的最后，它的影子一掠而过，故事处理得极为得当。

为驱散百鬼夜行的妖怪，如前文所述，最行之有效的办法是抄写八十多句的尊胜陀罗尼，贴身携带，也有一种更简便的类似念咒的方法流传下来。洞院公贤的《拾芥抄》上诸颂部第十九，《夜行夜途中歌》中有"カタシハヤ、エカセニクリエ、タメルサケ、テエヒ、アシエヒ、ワレシコニケリ"。只需在嘴边嘟囔这不知所云的三十一字，怪物就会在顷刻间退散。当时的贵族和女官，在夜路上或是在家中被诡怪东西的影子惊吓时，没准会常在嘴边低诵这句子。

我怀着阅读江户川乱步的侦探小说的心情，想破解这三十一字的意义，第一句中的"カタシハヤ"无疑是"坚岩兮"（堅岩や），然而一旦开始推理，又很快感到不耐烦，失去继续探究的意欲。像我这样的一知半解之徒，是万万没有道理通晓其意义的。

*　　　　　　　*　　　　　　　*

百鬼夜行图直至江户时代，经隶属于土佐派、住吉派、狩野派①的画家数度重新诠释，江户中期由鸟山石燕绘制出集大成之作，将这一主题传递给明治的河锅晓斋。起源自室町时代的日本妖怪画传统不容小觑，由此可见一斑。然而器物妖怪的绘画表达，绝非日本的妖怪画传统所专属。在与《付丧神记》的时代相隔逾百年的欧洲，也曾有类似的表现。最初指出这一点的是立陶宛的中世纪美术史家尤尔吉斯·巴尔特鲁萨蒂斯。他将世界上第一个描绘器物妖怪的名誉，赐予了日本室町时代的土佐派画家。《幻想的中世纪》中对应部分引文如下：

　　为我们留下对器物妖怪最为古老的表现的，并非中国，而是日本。土佐光显所作的被魔物袭击的赖光之像，刻画了和四大天王一道与妖怪战斗的武将形象。武将在暴风雨之夜，经一颗骷髅头指引，端坐于某宅邸一隅。男人的表情如修道士般平静。但在他周围，开始弥漫起诡异的气息。灵与妖怪从沉睡中苏醒，匍匐着向他身边靠拢。魔物与兽从深夜的阴影里浮现。与此同时，器物开始三五成群地排成行列。倒立的钵长出手脚四处逡巡，钥匙孔处长了眼睛和嘴的箱子在下方生长出人类的身体，信步而行。收在鞘里的小刀伸出一双短腿，健步如飞。宛然一幅《诱惑》，而这幅画却诞生于西欧大作的百余年前。

① 日本绘画史上规模最大的画派，从室町时代中期活跃至江户时代末期。

巴尔特鲁萨蒂斯虽未明言，该处提及的土佐光显的作品，无疑是《土蜘蛛草纸》。下文依旧引自该书。

在被认为出自土佐光信之手的"百鬼夜行"图中，一大群器物的队伍浩浩荡荡。铙钹、瓮、壶、碟盘等等，都紧贴在魔物的肩和头上随之行走。与此相似的怪物，也在和这位日本画家的同时代人博斯（Jheronimus Bosch）的画中横冲直撞。牛津的素描里有帽子，到了维也纳的《最后的审判》则是钟，其他画作中另有竹笼与人体结合，蠢蠢欲动。这些怪物没有一丝不合时宜，均是可以与远东伙伴的集团合流的家伙。

即便不去一一确认在这里提及的作品，我们也早已通过北方文艺复兴时期的博斯、勃鲁盖尔（Pieter Bruegel de Oude）、彼得·许斯（Pieter Huys）的作品，亲近那些生有手脚的箱子、乐器、锅瓶等怪物成群结队袭击人类的场景，熟悉一众"物"大型叛乱的景象。我在上文谈及室町时代的器物妖怪，说到这些"物"，没准是在地狱的形而上学崩溃后才得以乘虚涌入，同样的论述似乎也适用于欧洲。众所周知，当时佛兰德斯的画家们已摆脱宗教的束缚，不再专注于对看不到的形而上学做出图像诠释，转而描绘世间看得见的具体物。他们对物的执着，在欲将其吞噬般的观察之眼的注视下，逐渐召唤出栖居于物体内部的灵魂，不知不觉间无疑抵达了令物体生动起来的境地。

有 animation 一词，被译为"动画"。语源上是赋予物体以生命之意，在如今，一般指从静止中产生运动的电影相关术语。我想博斯与勃鲁盖尔的器物妖怪，便是画家对物的执着最终招致了 animate 物体的结果。像在死去的物体上通电一样，将生命注入身体。自然那些被 animate 的物都无外乎是恐惧的对象。然而在恐惧之前，它理应存在着对对象的过度执着。我在前面执意要使用"物神"这一听起来可能有些奇矫的词语，也是为了发挥如上所述的微妙语感。对我们而言，物的妖怪无外乎是恐惧的对象，描绘出它们的人，无疑是过度热爱物的人。我想确认的便是这一点。

在这里提起三岛由纪夫的《金阁寺》，或许会令人困惑——小说中烧毁金阁寺的主人公，在途经丹后由良，眺望晦暗的日本海时，初次动了"一定要去烧金阁寺"的念头，文中写到他回忆起《付丧神记》开篇的文段，无疑颇具暗示性。具体请参见《金阁寺》第八章。对这位主人公而言，金阁寺是因爱而不得不烧毁的大扫除用的古旧什物，也就是付丧神。如果不烧毁，历经百年得以化为精灵的金阁寺便必然带来灾难。如果将其烧毁，那么"世界的意义便会确实发生改变"——金阁寺在这里，是类似器物妖怪的物神交替放射出恐惧与魅惑的一个物体。即便如建筑物般庞大，在观念的世界里也可以化作小小的物神。

我不禁认为，若不是痴迷于物神的画家，是无从描绘妖怪画的。伊藤若冲便是其中一例。众所周知，若冲也有主题为付丧神的奇妙绘画。在这幅惹人喜爱的画里，茶釜、水罐、茶壶、茶筅、竹制盖托和茶勺等茶具妖怪都纷纷生出手脚，滴溜滴溜转动着大眼睛，成群结队地缓慢行进。或许可以说，若冲才是最适合绘制付丧神百鬼夜行的画家。这是因为，若冲凭借入微的细密描写，与鸡鱼贝虫等物的世界肉搏。他在独特而无中心的装饰性空间构成里，试图将同种类的事物滴水不漏地罗列在同一画面里。在博物志式的好奇心的驱动下，若冲为将灵动的小物体如标本般定格在画面上倾注了热情。

我方才写到没有中心的空间构成，这可以令人迅速联想到它与博斯、勃鲁盖尔、彼得·许斯的画面的某种共通性。这些画家或许都厌恶面向中心、井然有序的一神教秩序，而偏爱朝向周围扩散的泛神论无秩序。这样的世界，与在自然界普遍存在的小小庶物精灵相衬。它们是自由穿行在种种物体间的灵魂，与神明类似而等级很低。在如是观点下，百鬼夜行或许是精灵的自然之无序的一个别称。自然本身，或许可以叫作百鬼夜行。

最后，我想讲述一个鲜明烙印在我记忆中的关于物神的形象。

路易斯·布努埃尔（Luis Buñuel）的电影《女仆日记》（*Le journal d'une femme de chambre*）中，让娜·莫罗（Jeanne Moreau）饰演的女仆塞莱丝缇娜，被老人要求诵读于斯曼的小说《逆流》（*À rebours*）中的一节。老人徐徐起身，打开房间角落储物柜的门，让她目睹整齐排列的女靴收藏品。另一个场景是，老人从储物柜上，取下锃亮的编织长靴，为她穿上，命令她在房间里走动。看着她穿着长靴走步的身影，老人眼睛发亮，呼吸急促。仿佛迄今为止不过是一具死去的物体的长靴，正吞下她的双足，与她共同运动，在内部缓缓充入生命。冰冷的漆皮，在肉体的香气里复活。

哪怕未经百年，这双长靴，或许也能在包裹住女人双足的一瞬化作精灵。是否可以把它叫作付丧神，我无从知晓。

关于时间的悖论

17世纪英国文人托马斯·布朗①，在日本除黄眠道人日夏耿之介外，无人高声称扬，也无人潜心玩味。据我所知，这几年，也只有笃学的英文学研究者川崎寿彦，在论及安德鲁·马弗尔（Andrew Marvell）和多恩的时候，将布朗作为对比对象。或许是人们畏惧他艰深晦涩的巴洛克风格散文，这与前述中的同时代诗人约翰·多恩相似，但我不禁为他被等闲而视感到深深惋惜。我想在下文中谈论布朗的《瓮葬》（1658），原因之一，便是自己时常对这种风潮感到不甚满足。

在诺里奇近郊的沃尔辛厄姆原野里，挖掘到数十个罗马时代的葬瓮，以目睹此情景为契机，当时已年过半百的

---

① 托马斯·布朗（Thomas Browne，1605—1682），英格兰王国作家、博物家。因糅合医学、科学、密教、宗教的巴洛克风格散文而闻名。

作者写下了 *Hydriotaphia*，也就是《瓮葬》。虽说是"瓮葬之论"，内容却不至于晦涩艰深，只是谈论了世界各地的诸多葬制，在此间，肆意铺洒古典知识，用平稳的语调讲述了作者个人的生死观、终将毁灭的肉体的空虚、对死后安息的期盼等。作为文章，已是难能可贵的逸品。布朗对逝去的时间与死亡似乎有着强迫观念，清澄的谛念与佶屈聱牙的风格呼应，时而微妙地动摇。我在那里，不禁看出与东洋相通的，一种隐者文学的面影。

比起埋葬在埃及巨大的金字塔里，被盗墓者任意糟蹋，不如葬在小小的葬瓮里，静谧地安睡在沃尔辛厄姆的田野里，这是布朗思考的基本母题，贯穿了《瓮葬》的始终。与之相似的是，把现世的荣光和权力的纪念碑视作虚空的诸行无常思想。魅惑了布朗的，无疑是小小的世界，被发掘的葬瓮的小宇宙（microcosmos）。这些葬瓮里，还盛放着似乎是与女人和孩童的纤细遗骨混杂在一起的雕琢精巧的梳子、小盒子的残片、弦乐器的琴码、铜制的镊子等遗物。他还在一个居住在沃尔辛厄姆的友人寄赠的葬瓮里，看到"一种依旧呈现蓝色的蛋白石"。

古代葬瓮里出土的蓝色蛋白石——或许布朗的想象力也被这为巴洛克诗人所偏好的美丽意象触发，舒展扑动着双翼。作者甚至在遐想，这颗被烧剩的蛋白石究竟是"嵌在死者指尖燃烧，还是由最亲密的友人之手被投入火中"。

经由蛋白石引发的联想，作者的笔致还涉及了古代墓制的附葬品。以下对布朗的文章稍作引用。

或许是与纷繁的欢喜告别，又或许是怀有在彼世也能使用那些物品的脆弱幻想，古代人有把引以为傲和珍视爱用的物品与死者一同燃烧埋葬的习惯。普罗佩提乌斯的恋人辛西娅在火葬后化作幽灵出现在诗人面前，她手指上的绿柱石指环，也可以确证这个事实。法尔内塞枢机主教收藏的古罗马葬瓮的内容物也同样能够说明此事。葬瓮里有玛瑙的猿猴、蝗虫，琥珀的象，水晶球，三面镜子，两只汤匙，还有六只水晶胡桃。三年前在图尔奈偶然发现的，希尔德里克一世墓里出土的数个骨灰壶的内容物则更为壮观，装饰着国王宝剑的大量黄金、两百颗红宝石、几百枚罗马货币、三百个黄金制成的蜜蜂，在当时厚葬的蛮习下，与殉葬的马骨和蹄铁一起，如今都重见天日。

　　1653年5月27日，偶然重现于地面的日耳曼王族之墓，以及从中出土的大量宝物，在当时的欧洲引起了轩然大波，布朗想必也很快得知了这个消息。奥地利大公利奥波德·威廉为大量宝物心醉神迷，在他令下，1655年在安特卫普完成的发掘报告书《希尔德里克复活》(*Anastasis Childeric*)，说不定布朗也曾阅览过。关于事情的始末，似当询问布朗的研究者。无论如何，面对可以从容抵抗时间腐蚀作用的坚硬物质，布朗那始终如一的爱好不禁令我动容。他被葬瓮中的蛋白石所吸引，许是因为宝石历经悠长而深远的时间光辉不减。他一面滔滔不绝地说着如诸行无常一类的思想，一面向顽强抵抗诸行无常的宝石、金属一类的坚硬物质献上无尽的礼赞。我在前文中提到布朗观念的微妙动摇，便是源自此处。

"石头年迈。因它的存在先于生命和人类。石头为人类提供了最初的工具和最初制造武器所用的材料。居所、神殿和墓地也如此"，罗歇·凯卢瓦（《矿物绪论》）曾这样写道。诚然，矿石，或者说矿物一类，在生命诞生前就存在于地球，假如未来地球上所有生命灭绝，它们也无疑会继续存在。时间就像某一种酸，腐蚀着、污染着浸泡在其中的生命，使其渐渐分崩离析，而面对时间这一腐蚀性强酸从不示弱的，便是石这一物质。石是永不被时间污染的纯洁物质，是超时间性或无时间性的象征。正因如此，追求永生与不死的埃及法老，渴望将自己埋葬在巨大石砌金字塔的内部。然而诚如布朗所指出的，令人啼笑皆非的是，巨大的金字塔和方尖碑，反而容易遭遇天灾人祸早早崩塌，而地下葬瓮内的小小宝石却与之相反，保持着不灭的色彩和光芒。

布朗纵然学识渊博，却似乎对中国古代的葬玉一无所知。联想到17世纪欧洲对东洋知之甚少，或许也是情有可原的。秦汉时期的葬玉无须赘述，其并非死者在生前曾使用过的物品，而是专为施覆于尸体之上一同埋葬而制作的玉器。古代中国人似乎相信用玉封住尸体的九孔，即可保之不朽，为此将尸体的眼、鼻、耳、口、肛门、阴户都用玉器封堵。特别是置入死者口中、被称为"含蝉"的葬玉，一般被制成蝉的形状，我主观臆测，它似乎与希尔德里克一世墓中出土的黄金蜜蜂相似。我肆意妄想，倘若布朗获悉，说不定会在《瓮葬》中特别增设一章。

日耳曼王的黄金蜜蜂，实为希尔德里克一世的马具饰物。根据考古学者的意见，其意匠与埃及神话中的圣牛阿匹斯有紧密关联。这个经过样式化的蜜蜂之形后来发生变化，成为法兰西王室纹章上的百合花。但在我这样的外行看来，无论如何都想将它视为北方亚欧大陆文化圈广为流传的护符爱好的一种，与秦汉时代的葬玉连接，也与在我国古坟中被发掘的勾玉和管玉习俗结合起来考虑。日耳曼文化从斯基泰文化中继承了许多遗产，对此不予深究。我在这里想提出一个单纯的疑问：在我国古代因被认为拥有咒力，而获得深重尊崇的宝石与玉，为何在奈良时代以后，加工技术衰微，其身影也急速从文化历史的表面消失了？莫非由于后人欠缺用其抵抗时间腐蚀作用这一形而上学的志向？同时，也许还有佛教的影响，我国湿润风土的特殊性也是原因之一。我想引用《徒然草》第三十段中耳熟能详的一节。

骸骨葬于无人烟的山中，只到忌日方来祭拜。不多久，卒都婆便已生苔，为落木所埋。问候的亲友，唯夕风夜月而已。悼亡念故的人尚在倒还好，若是也都下世了，仅知传闻的子孙，又何来哀伤？从此绝迹断访，其人名亦不知，但得年年春草生。终竟，临风如咽之松，未及千年即摧为薪，而古墓犁为田矣。墓迹不复有焉，悲也哉。

倘若卒都婆的石上生出青苔，墓地亦被落叶层层覆盖，那么，一切都将在瞬息间埋没于自然之中。青苔与烟雨，都是干燥的地中海式风土所难以想象的自然条件。在这样的环境里，石头不再是可以抵抗时间侵蚀的物质，反而遭受时间无尽的攻击，其惨状在我们眼前历历可见，如同晴雨表一般。我虽在前文出于一时兴起将托马斯·布朗的《瓮葬》称为隐者文学，但在《徒然草》这部日本 14 世纪极具代表性的隐者文学中，对有形的坚硬物质却没有流露半句的赞美。从那句"基迹不复有焉，悲也哉"可以读出，兼好完备彻底的无常观中，丝毫不见对有形之物的信赖，这或许是理所当然的。

大约到江户时代中期，物产学和本草学开始兴盛为止，玉石只用作雕刻及建造庭院的材料，或是"中国趣味"的玩意儿，而对作为矿物本身的玉石的关注，在日本人的心中，已经消失得无影无踪了。时代固然早已丧失尊崇玉石咒力的环境，然而即便如此，北海道与西伯利亚的贸易往来频繁，阿伊努玉（或称蜻蛉玉）的输入似乎源源不断，在泉州堺周边一带，仿制成古玩的玻璃球也得以大量生产，由北前船①运往北海道。玉的古老习俗在边境之地残存如涓涓细流。

自宽政时代起，在日本全国流行赏玩奇石。不过，这种出自考古学或业余趣味的赏玩，大约也是时势所趋。站

---

① 江户时代到明治时代，在日本海上进行海运贸易的巡回船。

在这个流行的最顶尖的，是木内石亭的《云根志》和《曲玉问答》，还有谷川士清的《勾玉考》。要是就这些著作展开论述，便会超出这篇文章的范畴，故按下不表。橘南谿《北窗琐谈》后篇卷三，有一段颇富趣味的表述，兹且引用，权当总结：

从土中掘出的神代旧物里，有曲玉。由青玉制成，形似豆荚，下方有孔，大小不一。为神代衣裳之饰。造此玉之石，今出云国仍有之。其山中有玉造明神的神社。在神代，当地或有造玉、贩玉之人居住。

"形似豆荚"这样孩子气的表达，对我而言颇具日本特色，有趣得紧，各位读者意下又是如何？

＊   ＊   ＊

在世界各民族中均能寻觅到的淹留仙乡传说里，以我迄今为止叙述的、有关时间腐蚀性的悖论为主要内容的故事卷帙浩繁，我国的浦岛子传说等也鲜明揭示了其中一种变体，但我想在这里提及的，是类型稍异的王质烂柯的故事。

《述异记》上卷王质烂柯的故事，在我国古典文学中也屡屡作为譬喻被援引，其故事梗概想来读者早已熟悉，为了行文方便，还是简单介绍一下——晋时衢州有樵夫名王质，走入信安郡的山中石室时，有两个童子在对弈，王质凑上前去观棋，童子拿给他一颗如枣核般的食物。王质服下，便不觉饥饿。局势正酣，童子却说："你斧头都烂了。"王质俯身看地上的斧头，斧柄已朽。王质回到村子，发觉已无故人，数百年过去，村里物是人非。

这则传说的意味深长之处在于，如同我前文所述，时间显示了如同某种酸的腐蚀作用，腐蚀了斧头的木质部分，与此同时，将仙乡的食物含入口中，便会形成一种抵御时间作用的覆膜，形成一种遮蔽物附着在身上，得以完全避免腐蚀作用的侵扰。完全没有必要认为石室内部是与现实不同的世界，流淌着与现实不同的时间。虽然流淌着的是相同的时间，但只是服下枣核，便不再受时间的作用，便可以对抗时间的攻击。也就是说，可以设想，是人类自身成了石头般坚硬的存在。如同日耳曼神话中齐格弗里德①全身浴于龙血，皮肤被角质覆盖。只有斧头不在王质手边，周围没有生成覆膜，因而正面承受了时间的攻击。即便如此，腐烂的也只有木质部分，刀刃部分因为是铁而未遭腐坏。这不是极符合逻辑吗？

若再讲另一件我在烂柯故事中觉察到的事，那便是棋子的象征意义。无论是象棋、围棋还是西洋棋，我想棋子显然都是时间的象征。比如《搜神记》中著名的传说里，出现了可以管理人类生死的北斗星和南斗星，它们不也正如烂柯故事中的童子，在桑树下浑然忘我地对弈？

① 中世纪中古高地德语叙事诗《尼伯龙根之歌》中的英雄，因屠龙闻名。

相传象棋或西洋棋起源于印度，在棋盘上交战的白黑棋子，一般被视作体现了光与影、诸神与巨人族、善与恶、生与死等二元论原理的对立抗争，作为战争舞台的象棋盘，通常被解释为一个世界，但在这里没有必要受诸如此类既定解释的制约。将它想象成蒂图斯·布尔克哈特（Titus Burckhardt）所言的"宇宙范围内的力的运行场域"（《象棋的象征主义》）即可。将它看作是一定的空间也无妨，看作是时间也无碍。

根据圣杯传说，赢过某场试炼之后，湖上骑士兰斯洛特得到镶嵌宝石的象牙象棋盘，作为来自神的嘉奖。他在魔法象棋盘上挪动金、银的棋子。金是太阳的金属，银是月亮的金属。兰斯洛特与看不见的敌人对弈。敌人的棋子自动位移。据说兰斯洛特巧妙地控制局势，终于将敌方的王逼到棋盘一角后一举将军，围观众人赞叹不已。在这一传说中，魔法象棋盘或许代表着人力与神力的二元性。取胜需通晓神力之法则，在此之上还需懂得分辨人力与神力。象棋盘是人生的缩略图，唯有力者方能脱离不幸，在现世实现生而为人的完成。

我想起英格玛·伯格曼的电影《第七封印》中的一个场景。十字军解散后回到家乡的骑士安东尼面向棋盘，坐在海边的岩石上，与裹着黑色斗篷，散发着不祥气息的死神对局。死神说："你为何要向我挑战。"骑士说："有一个条件。在分出胜负前让我活着。如果我赢了就给我自由。"——胜负的对手不是神而是死亡，与死亡对局的棋盘无疑象征着人生中的时间这一要素。

豪尔赫·路易斯·博尔赫斯在名为《棋》的诗中写道：

> 棋手严肃地躲在自己的角落
> 不慌不忙地潜心于布阵摆子。
> 棋盘上面，两种颜色不共戴天，
> 紧张地一直厮杀到曙色见赤。

> 时光在消耗着棋手们的精力，
> 即便就是在他们离去了之后，
> 仪式最终也没有结束。①

这也可以视作已逝的时间与永远、象棋棋手与棋手背后的人之间的赫拉克勒斯式悖论。捎带一提，这里博尔赫斯所说的"仪式"无疑意味着诺斯替主义的二元论，即使人类因时间的腐蚀作用而毁灭，仪式也绝不会终止。

居住在信安郡山中石室的两个童子，已经将枣核当成家常便饭，化身为长生不老的神仙，面对如逆风般席卷而来的时间之流，也甘之如饴。或许把他们手中的棋子当作风速计一样的玩具，用以测量如风般迅疾的时间也无妨。超脱于万物流转之外，他们旁若无人地把时间当作玩具。

1925年，自从放弃了投入八年时间也未能完成的奇妙

---

① 译文参考林之木译《棋》（上海译文出版社，2016），略有修改。

的大型玻璃作品，传说称当时年近四十的马塞尔·杜尚，已决然放弃绘画，开始埋头下棋。在我看来，这个粉碎了艺术中的"创造"概念，20世纪最具讽刺意味的灵魂，也超脱于万物流转（panta rhei）原理支配的现象界，如同住在信安郡石室中的童子们一般，纵情与时间嬉戏。杜尚中止玻璃作品的制作，自身却化作了不被时间污染的玻璃制品。

＊　　　　　　　＊　　　　　　＊

为抵抗时间的腐蚀作用，自身化作石头——这种想法绝不是我脑中的妄想，在中国的神仙思想中，它甚至是屡见不鲜的思维定式之一，谨慎起见，我想在这里做出说明。比如《列仙传》上卷里有我喜爱的修羊公的故事。久居在华阴山石室中修行的修羊公，后来承蒙汉景帝垂眷，住在王族的宫邸内，却迟迟不展露自己的道术。景帝疲于久候，诘问道"修羊公能何日发"，只见榻上的修羊公化作白色石羊。此后，石羊被安置于灵台（一种天文台）上，却很快就消失得杳不知其所踪。

石头可以抵抗时间的作用，这一观念在人类肉身上也同样适用时，梦想着石化的思想开始滋生也不会令人感到不可思议。我不禁想，神仙之说不就是这样的思想吗？这是无休止地追求生命的燃烧与可能性，永远不知餍足的欧洲浮士德式人类无法理解的思想。

若谈起明治以来日本的文学者中，神仙思想的知识造诣最广博的人，想必是幸田露伴了。露伴对东洋的炼金术、炼丹术和本草学都有着超乎寻常的兴趣，据说他直至晚年都在潜心研究烧丹得仙药的中国古代炼丹秘法。根据幸田文①的证言（《春尚寒》），"我想露伴爱石。如果我的记忆无误，他将咏石的歌写在短笺上，与某人频繁书信往来，名为石百首"，并且"吟咏的石头种类繁多，多为一种一首。有玛瑙、琉璃、孔雀石之类的，也有陨石、火山石、碎石、磨刀石之类的"。

因此，在其皇皇作品之中存在着近代小说中实属罕见、叙述人类化作石头这一梦想的离奇故事，也毫不令人感到意外。明治二十八年②，露伴二十八岁时的小说《新浦岛》便是如此。

《新浦岛》的主人公次郎，是在天桥立附近的九世户③海岸代代以渔为业的浦岛太郎家系第一百代末孙。二十五岁以前他在京都研学，偶然回到故里，父母告知了他家族血统的秘密。得知父母或得天寿而终，或得仙道升天，他勃然而起，立志成为仙人，修习魔法吟唱咒文，企图召唤圣天毗奈耶伽王。而出现在他面前的圣天形貌可怖，对次郎究极魔道奥义的梦想不屑一顾。相反，他将次郎的身体从头部起劈成两半，赐给他与自己形貌相同的忠实仆从。这位被唤作同须的仆从具有满足次郎一切欲望的通灵力，

① 幸田文（1904—1990），日本随笔家、小说家，幸田露伴次女。
② 1895年。
③ 京都府宫津市文殊附近的旧称。

是如同阿拉丁神灯的精灵（Jinn），或梅菲斯特般的存在。

露伴研究家盐谷赞①，将浦岛次郎的悲壮誓愿与歌德《浮士德》相比，称"主人公新浦岛的悲伤是一种自我矛盾，是没有飞天之翼的人类那浮士德式悲剧的肖像"，初探之下，小说主人公对魔道的执念，确乎与那位和恶魔签下契约，妄图体验人生纷繁可能性的浮士德博士的野心相似。然而，依我看来那不过只是表面。次郎没有像浮士德想体验人生繁多可能性的热切渴望，也缺乏无休止地追求新的刺激和变化的意欲。住在仆从收拾的宫殿里，他却没有享尽豪奢的兴致，也不曾痴迷女色。或许正是因此，小说才有一个极尽东洋式的结尾，次郎岂止是没有像浮士德一样得到救赎后升天，反而对无法随心所愿的人生心生厌倦，疲于应付自幼交好的女子，遂命仆从将自己运往北方，浸在红莲涧水中，活着化身成一颗化石。这姑且可以算作一种即身成佛，同时也是一种自弃，一心想令时间停止。

歌德自身也是浮士德式的人物，他自少时起就对浮士德传说如数家珍，在执笔自著小说时，为了主人公在最后可以获得救赎，他不惜对旧日传说施加了某些改变。那便是《浮士德》第一部中与梅菲斯特缔结契约的场面。旧日传说中，恶魔在一定期间内，会收取因侍奉浮士德而理所当然衍生的代价，自动将他的灵魂据为己有，而歌德在其中引入了赌博这一条件。输掉打赌，恶魔就无法将浮士德

① 盐谷赞（1916—1977），编辑。露伴死后，参与岩波书店露伴全集编纂。

的灵魂收入囊中。这个赌便是浮士德会否沉醉于官能之梦，满足于现在的瞬间，忘却向着更高的境地攀升的努力。

> 如果我对某一瞬间说：
> "停一停吧！你真美丽！"
> 那时就给我套上枷锁，
> 那时我也情愿毁灭！
> 那时就让丧钟敲响，
> 让你的职务就此告终
> 让时钟停止，时针垂降，
> 让我的一生就此断送！ ①

这便是浮士德与梅菲斯特的赌注之根本，浮士德深知自己是浮士德式的人类，料想自己绝不会在打赌中输给对方。可以说，忠厚纯良的梅菲斯特从最开始就注定要失败。如此浮士德式的人类精神——不知疲倦、追求无限的化身宛然凌驾于恶魔之上，与一味盼望着时间停止，为栖身于无时间或超时间的乌托邦而不惜亲身化作石头的新浦岛精神，二者之间有着无法相容的性质，自是不必多言。

东洋的浮士德似乎无时无刻不向着瞬间喊叫"停一停吧，你真惹人厌烦"。时间的腐蚀作用与历史的压迫令他们厌烦得无计可施。这或许与东洋的唐璜一脉相承，《好

---

① 译文参考钱春绮译《浮士德》（上海译文出版社，2007）。时针垂降，指古时时钟机件损坏，停止走动时，时针降落到6点钟的地方。

色一代男》的世之介在性的放浪遍历之尾声，在小舟"好色丸"上堆放大量刑具，便行舟前往女护岛——一个时间停止了的性的乌托邦。世之介在最后，从容背叛了其唐璜身份，宛然补陀落渡海①的上人般，实现了某种性的即身成佛。他们都不擅长追求无限的行动。

若为逃离历史压迫而设定的虚构空间，其形象是仙乡或乌托邦，那么石头作为抵抗时间腐蚀作用的观念，则势必与前者存在等价关系。空间扩张的意象与作为物质凝聚的形象，其间的差异仅在此处。石头即是乌托邦，是将乌托邦的空间凝聚于一点的物体。从这样的视点来观望那颗令托马斯·布朗目眩神迷的蓝色蛋白石，隐藏在其中的意蕴更为清晰，它的光辉也更美。

我从托马斯·布朗的《瓮葬》出发，通往幸田露伴的《新浦岛》，这一路固执追寻的文章旅途，最终也只得向着乌托邦一举收拢。

① 日本中世时，自愿舍身投海，引导民众的行为。

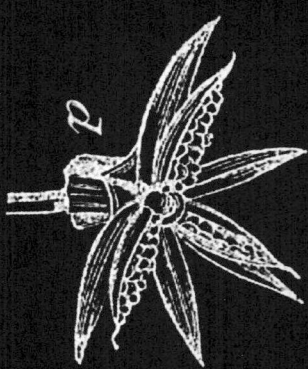

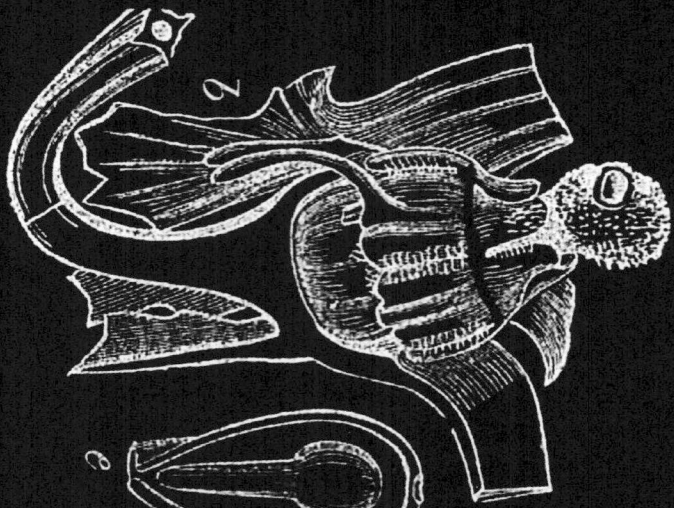

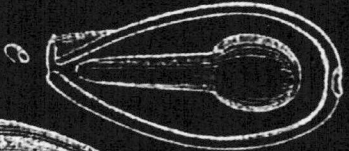

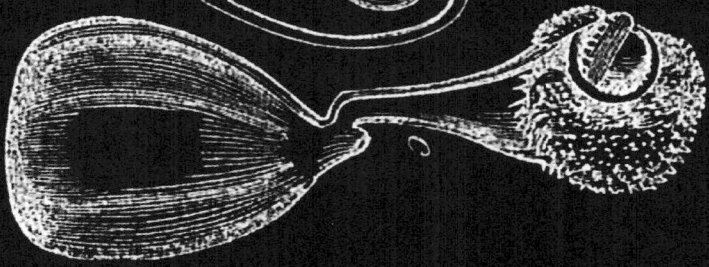

俄德拉代克

若要从卡夫卡散文诗般的珠玉短篇中挑选我最为喜爱的作品，当不止两三篇。哪篇博得头筹要看当时的心情，不得不说令我左右为难。其中频繁拨动我的心弦、总会倏忽想起的就是《家父的忧虑》，一个勉强四页原稿纸[①]篇幅的短篇。它或许反映了与我气质深深相通的事物。对此我想以我的方式进行解读。

　　《家父的忧虑》中的奇妙物体俄德拉代克（Odradek），曾被博尔赫斯选入《幻想生物之书》（*El Libro de los Seres Imaginarios*）的条目中，因此或许它不是物体，而应被看作动物，但也有如主题批评的学者让－保罗·韦伯（Jean-Paul Weber），断言它是陀螺的一种，但我仍强烈

---

① 明治时代以后，日本原稿纸多为400字一页。

地想把它当作活着的物体（看似矛盾）。正因它是物体，这则故事才有异样的真实感。无论如何，先粗略说明一下俄德拉代克的形状。

我刚刚写到它是陀螺的一种，据作者卡夫卡说，"乍一看，它像个扁平的星形线轴，又像是缠上了线的；即便如此，也只会是扯断了又接在一块儿、乱作一团的旧线头，质地不一，颜色各异。它却不仅是个线轴，从星的中央伸出一个小横条，右上角还有一个小横条。后一个小横条在一边，星星射出的光芒在另一边，这样，整个身体就能够直立，仿佛支在两条腿上"[①]。

仅是这样已经很奇怪，可俄德拉代克究竟是什么呢？是生物还是道具，我们摸不到头绪。作者接着详尽追述了物体的性质和行动。它在家里不断变换住处，阁楼上、楼梯间、走廊里、玄关处，有时几个月都不见踪影。那多半是迁居到别的房子去了，而它必定又会回到这里。有时见它倚在楼梯扶手上，若跟它聊天，它也会回答。因为它只有一丁点儿大，大家对待它就像对小孩一样，"你到底叫什么？"人们问它。"俄德拉代克。"它答道。"那你住在哪儿？""居无定处。"它边笑边回答，那笑声仿佛枯叶的沙沙声。

卡夫卡还说，这个物体由木头制成，行动极为敏捷，我们绝对逮不住它。这个物体可能从前有什么用途，只是现在破损，但似乎又非如此。一言以蔽之，无论如何详

---

① 本篇相关译文均参考叶廷芳等译《卡夫卡中短篇小说全集》（人民文学出版社，2015），略有修改。

尽地说明它的性状，也无法辨明它的真实身份。"它的身体尽管很怪诞，却也自成一体"，确乎是一个活着的、有机的物体。

令我们感到困惑的是，这个名为俄德拉代克的物体，在任何方面都不过是无意义的物体。就连它是为了某类用途经人手制作而出，抑或是自然的生成物，都无从判断。这个身份不明的东西，不过是在作者的脑海里成像，透过作者的笔致，异常清晰地临摹出的物体。它如同铜版画里欧洲17世纪的科学器具般，唤起鲜明的几何学形象，愈发令我感到奇怪。如前文所述，如果它是一种陀螺，那么它便应该是在星形板中心插上回转轴的一只风貌独特的陀螺。我想它与拉丁语中的 totum 相似。

有机物一定附加有某种目的。死也是一个终点，联想到弗洛伊德所谓"快乐原则的彼岸"，那么死也是一个目的。而俄德拉代克在诸多意义上讲，虽有生命迹象，却似乎不会死去。卡夫卡接着写道："我徒劳地问自己，它将会怎样。它会死吗？所有会死之物生前一定有个目的，有某种作为，这样它才能消耗生命至死；俄德拉代克却不是这样。……一想到它可能活得比我还长久，我几乎感到痛楚。"

人类，或者说一般有生命的存在，正正都因有死亡这个最终的目的地，才使得所有行动都获得意义，不死而无志向的状态，会从他们的生命中夺去目的与意义。如卡夫卡所言，正因"有个目的，有某种作为"，人类才可以"消耗生命至死"，生的意义直接关乎死。因此，无论呈现出如何独立的有机体外观，作为不死的物体，俄德拉代克都完全没有目的，怎么看都没有意义。也不像机械和工具，可以通过被使用而演化出次等的意义与目的。

这种完全的无意义性，从我们的种种先入为主与固定观念中挣脱，足以使我们茫然失措。一旦思考俄德拉代克的意义，我们便被弃置于空旷的虚无中。俄德拉代克原本便不是寓意，大概也并非象征。我想，它莫不是物自体的显现？现象背后的物自体通过卡夫卡的思维，似乎突然显现为清晰可见的具体物。因此物体无法通过现象来说明，又因无从被说明而具有更为强烈的触动。

即便不是寓意，试图将俄德拉代克解释为超越作者意图的一种有生命象征的批评家，自日耳曼主义者威廉·埃姆里希（Wilhelm Emrich）起便层出不穷。但在我所知范围内，却没有足以使人接受的解释，对俄德拉代克的魅力而言反倒显得有些碍手碍脚。当停止判断，排除繁杂的解释，俄德拉代克那无意义性的魅力，才更加熠熠生辉。不知不觉间凭依在作者卡夫卡身体上的某种无从诠释的情结，它既是俄德拉代克亦是陀螺，我更偏爱做这样的解释。解释因解释者想象力的凡庸而注定令我们深陷失望。我想，将俄德拉代克看作一个没有钥匙、无从探明的谜即可。

我时常痴心妄想地陷入自恋，或多或少地想过，区区博尔赫斯程度的寓意小说自己不是也可以写吗，但至于卡夫卡，则在最初就放弃了。这是理所应当的。若非名曰天才的狂人，绝无可能持续书写彻底欠缺意义的故事。博尔赫斯的世界，一如自身完整的球体；而卡夫卡的世界虽同样完整，却在不知某处，留有一个通向虚无的孔。

因此，我不想解释俄德拉代克，也不认为可以做出解释，我只是想记下埃姆里希颇有意趣的观点中所暗示的，进行解释游戏的某种线索。或许是不与人道明也无妨，独属于自己的解释游戏。在文章《论〈家父的忧虑〉》中，埃姆里希指出俄德拉代克是"从实现目的与意图的日常活动的世界中被剔出的，孩子与老人这一年龄层的代表"。我想在此之上展开，从俄德拉代克之中，窥见从怀有目的与意图的生殖活动（结婚生活）的世界中被剔出的自渎（独身生活）的表象。我的意见里，除埃姆里希的观点，不必说还受到来自米歇尔·卡鲁日（Michel Carrouges）《独身者机械》思想的深远影响。

在旋转中嗡嗡作响的陀螺的意象里，我不知道是否可以看到自渎的表象。只是如同让－保罗·韦伯（《主题的领域》）所指，卡夫卡执着于如陀螺、上下弹跳的赛璐珞小球（《布鲁姆费尔德，一个上了年纪的单身汉》）般，容易在引人目眩的旋转后力量衰退进而倒地的、孩童似的小小物体。在篇幅只有一页半的短篇《陀螺》中，还出现了一位堪比第欧根尼、行动诡谲的哲学家。

《陀螺》中的哲学家总是在孩子们玩陀螺的地方转悠，每当逮住一只还在转动的陀螺便大喜过望，是奇行的惯犯。他相信"认识了任何一件小事物，例如认识了转动着的陀螺，就足以认识一般事物。因此他不研究大问题，认为那太不经济了"。此处不妨联想起埃利亚斯·卡内蒂（Elias Canetti）（《另一次审判》）所说的卡夫卡对微小事物的喜爱。但对我而言更重要的，是这则短篇的最后数行，援引如下。

"每当有人准备转陀螺时，他就心怀希望，觉得这次一定会成功。而当他气喘吁吁跟着陀螺跑的时候，对他来说就已成功在握，但当他手中拿着那不起眼的小木块时，他就感到极不舒服。孩子们的吵闹声他原先听不见，现在突然直冲着他的耳朵而来，将他赶跑。而他则像一个没被抽好的陀螺一样，蹒跚而行。"与俄德拉代克相同，这个陀螺似乎也是木制。俄德拉代克行动敏捷难以逮住，而这个陀螺却可以被哲学家捕捉，事后给了他一种从紧张中脱离的虚脱感……

然而，无论怎样进行思考，也不过是在无意义的浩渺之海中无方向地遨游，我又只能掉进我本已禁止自己陷入的解释陷阱中。我自己也像《陀螺》中的哲学家，扬言俄德拉代克"通往普遍的真理"，身陷无边际的思考自渎，故另择思路，暂此搁笔。

*   *   *

我在前文中，将身份不明的物体俄德拉代克喻为现象背后的物自体，这具备充足的理由，据卡夫卡所言，俄德拉代克一名由来不明，名字本身就十分可疑。"有些人说

'俄德拉代克'这个词源于斯拉夫语，因此他们试图在斯拉夫语中查明它的构成。另外一些人认为，这个词出自德语，斯拉夫语只是对它有所影响"。最终，两种说法都模棱两可，无法发掘这个词语的任何意义。

想来，卡夫卡在此处，是在呈现物与名、物与表象世界的乖离问题。物与我们的感觉直接接触，它与我们的主观认识进行秩序排列的心象素材截然不同。他看见的是现象的背后。

俄德拉代克之名极为不稳定，不过是偶然用来指涉这个物体，一定情况下俄德拉代克也可能不是俄德拉代克。恰好名字是俄德拉代克，所以它看起来像俄德拉代克，如果为它取其他名字，它无疑会随着名字改变相貌。不，若是相貌改变，那名字也必然会剥离。那时俄德拉代克将不再是俄德拉代克。孰蛋孰鸡已不分明，名字出自偶然，表象无根无据，二者永远延续的无限轮回绝不会抵达本质，唯有从中剥取出的物自体令我们惊恐动摇，陶然而醉，不知所措——这不正是俄德拉代克吗？或者不如说，这正是我们不得不假托俄德拉代克之名来称呼的，俄德拉代克现象的本质意义。

虽显唐突，但在这里我很难不想起《徒然草》第六十段。大部分读者想必已知晓，居住在真乘院的盛亲僧都嗜食芋头（芋艿的母芋），学问渊博，性情放荡不羁。僧都偶见一法师，为法师起诨名"白瓜"。旁人问"白瓜何意"，他答道："我亦不知。若真有此物，当酷似此法师面容。"

依我来看，真实身份不明的白瓜，正是俄德拉代克的别名。至少对被近代知性侵蚀的我们而言，将物与名字的相互依存关系如此清晰简洁地勾勒出来是极为困难的。当然，兼好不似卡夫卡，没有详明描摹出白瓜应有的形状，亦即没有被物附体的人类的疯癫执着，只是在快乐地赏玩一个逻辑悖论，欣喜于主人公的洒脱。白瓜究竟是怎样的形貌，兼好对此毫不关心，恐怕对盛亲僧都而言也无足轻重。

伴信友在《比古婆衣》卷四中，对《徒然草》中的白瓜展开考证，说白瓜是愚者的称谓，或是出自孩子们在河边可以轻易捕获的、一寸长且行动迟缓的小鱼的名称。他煞有其事地记述下诸多猜想，然后这样结束自己的文章：

> 话说，盛亲为这法师取名"白瓜"，不得其意的人，问白瓜为何物，那人也揶揄道是自己不知此物。若言有之，则谓玩笑戏言也。若盛亲在世，听得如此辩说，定会讲更敷衍的妄语。

伴信友无愧为经历过千锤百炼的考证学者，对物与名字间相互依存关系的危险，他已如肌肤触电般有所察觉。若将语言分解后做出解释，探寻其本源意义，物便会从中溜走，剩下的只是无意义的空壳。无论怎样深入意义的迷宫，势必有恶毒和尚的揶揄与嘲笑在出口处静候。一向郑重其事的自己变得愚笨，最后信友尽兴取笑自己。多少有些不服输的意味，但为了保持心理卫生，这倒是不坏的做法。

白瓜那无敌的幽默机能，无妨说卡夫卡的俄德拉代克也具备。俄德拉代克现象，是终将我们引诱进意义迷宫的"玩笑戏言"。出口处有无意义的笑声在等待，迷宫内部是毫无进展的思考逡巡。若是如此，我迄今为止的分析，也不过是落入作者事先设下的陷阱。若要效仿伴信友，到最后，我多半也不得不陷入自己取笑自己的境地。

　　　　　　＊　　　　　　　　　＊　　　　　　　　　＊

　　不仅是俄德拉代克似的无意义的物体，卡夫卡也写过许多无意义的动物。关于卡夫卡对动物的热爱，加斯东·巴什拉（Gaston Bachelard）已在将其与洛特雷阿蒙（Lautréamont）的比较中有所言及。而我提及这些动物则出于不同的观点。

　　比如《一份致某科学院的报告》中的猿猴、《一条狗的研究》中的狗、《女歌手约瑟芬》中的老鼠，它们稀松平常，不妨说属于普通动物一类，到了《大鼹鼠》中的鼹鼠，则已呈现出异常的倾向。而《乡村婚礼筹备》中长有狐狸尾巴，脸似人类，数米高的袋鼠似的奇妙动物，和《一只杂交动物》中一见老鼠就浑身发抖，像小猫又像羔羊的杂种动物，岂止是异常，显然已接近无意义的领域。不妨说它是与俄德拉代克等价的存在。

　　如同俄德拉代克的事例所印证的那般，描写及叙述无意义动物的性质与行动时，卡夫卡的笔致绵密得近乎偏执，甚至无须特意引用。如埃利亚斯·卡内蒂所述，卡夫卡喜爱的尽是无害的小动物，从某种意义上来省察，它们都可以被视为与作家卡夫卡自身同一的存在。在这层意义上，它们与洛特雷阿蒙的诗中凶暴的动物们自然不同，也与亨利·米肖（Henri Michaux）的《我的领土》中脱离现实、纯粹想象中的动物截然不同。大抵上，无意义性的魅力，就在于不完全游离于现实之外，而是始终在现实中进行形象的增减运算。简单来说，就是像卡夫卡那样制作杂种。

若在日本近代文学中，寻求卡夫卡式无意义的杂种动物，我毫不犹疑地会想起，在谷崎润一郎未完成的长篇《乱菊物语》中出现的海鹿与马的杂种，润一郎将其命名为"海鹿马"。花田清辉在《吉野葛注》中说，这个水陆两栖生物"愚蠢至极"，而我却不以为"马鹿"①。也许花田也并非真认为它愚蠢至极，若非如此，也不会特意在自己的小说中引用。

作为参考，我将谷崎润一郎笔下对海鹿马的描写引用如下。彻底的无意义性的魅力虽不及卡夫卡，但在禁欲主义蔓延的日本文学界里，可谓仍保存有令人珍视的愚蠢至极（？）的面目。

"只见那没有装上镫和鞍，单配上辔和缰绳的无鞍马似的怪兽睁开发亮的大眼，喘着粗气，在被弃置的楠木的巨大树荫下，像海鹿一样仰卧，屈着四足紧靠腹部而眠。闪

---

① 日文中"马鹿"即愚蠢之意。

着海豹光泽的浓密皮毛贴着肌肤，脚趾不似马蹄，趾缝间长有海鹿似的皮膜，颈部生有些许鬃毛。"还需附加说明，这种动物一旦感到寂寞，会发出"哗哗"的奇妙啼鸣，似乎在呼唤人类！

创造出如此马鹿（？）的怪物，并辅以惊人的细密描写，在日本文学界无疑是特例。我无尽热爱润一郎那与生俱来的天真无邪。正因缺乏这样的形象，日本文学过去如何贫瘠，现在又如何贫瘠，也无须我多言。因《乱菊物语》是取材自室町时代末期的传奇小说，同时也是报纸连载小说，润一郎才得以尽情舒展空想的羽翼，而实情想来不仅如此。小说中除了海鹿马，另有播州室游女收到唐人馈赠的可爱物品，它堆叠后可以好整以暇地安放在两寸二分的四方黄金函里，铺展开来可以吊在十六张榻榻米大的厅里做轻薄的罗绫蚊帐。这并非润一郎纯然空想的产物，其典出自平野庸脩的《播磨鉴》，似乎是历史上的逸闻。

根据润一郎的说明，海鹿马趾缝间的薄膜，即是海鹿的鳍。由此可以联想到卡夫卡的《审判》中，名为莱妮的女人的肉体特征。这与俄德拉代克一样，是彰显卡夫卡特有的、对无意义性的执着的最有力证据之一，可不知为何，虽有许多人都论及《审判》，却几乎没有人察觉这一部分。我知道的只有瓦尔特·本雅明（《弗朗茨·卡夫卡》）一人。我不是《陀螺》中的哲学家，不认为细小事物必会通向普遍真理，但即便如此，也不愿忽视微小的细节。我认为，也许正是这些细小之处，使卡夫卡成为卡夫卡。

《审判》第六章中，被卷入诉讼的约瑟夫·K与叔叔一同造访律师家，在那里遇到名为莱妮的年轻护士，在房间里她频频引诱K。莱妮在K的膝上坐好，看了看K的恋人的照片，接着像是在吐露什么秘密，"这样的小残缺我身上就有，你瞧"，说罢，"她撑开自己右手的中指和无名指，两根手指间张开了一层皮膜，皮膜的边缘几乎与短的那根手指最上方的关节持平"。

这个女人的手指如同水禽和两栖类，或是如佛陀手蹼相连。"自然的造物游戏是多么神奇。"K惊叫，吻了吻她的手指。这个场景在奥逊·威尔斯导演的电影《审判》中也得以忠实地再现，想必许多人还记得。

女人的手指上长有手蹼究竟意味着什么，我不禁深思。无论是否具有意义，将一种畸形的形象，唐突地引入故事，我想作者大脑的构造非比寻常。卡夫卡想必不通晓佛陀的象征物（三十二面相中的手足缦网相），即便他对此有所了解，也没有任何理由将它赋予律师家中的护士，最终，这个成为女人奇妙肉体特征的手蹼，也只能说是一个没有配备解读钥匙的谜。与俄德拉代克相似，都只能说是完全无意义的。

而本雅明似乎将女人的手蹼视作下等水栖生物，也就是蛙的手蹼。据本雅明所言，卡夫卡的世界是我们遥远祖先的世界，是晦暗湿润的沼泽世界，登场的生物都无外乎是"巴霍芬（Johann Jakob Bachofen）命名为杂婚阶段时期的生物"。难怪，卡夫卡溯游进化过程而上行，说不定抵达了大洪水前薄明的世界。本雅明的说法并非不讨人喜爱。若是承认了这种说法，卡夫卡对动物的喜爱便得到了说明，诸如俄德拉代克一类的奇怪生物或许在这样的脉络中，也能捕捉到解释的头绪。

众所周知，卡夫卡的小说通常围绕着巨大的形而上学之谜为中心展开，诸如某个清晨毫无理由便被逮捕、无论怎样行走也无法到达城堡、人类变成甲虫等等，而具体的细节里也散落着无数小小的谜团，一瞬间令我们蹑足屏息。小小的谜团一边自转，一边环绕在如太阳系的行星般巨大的谜周围。我在此选取的，不过是些可以形容为在行星周围的卫星般的细小谜团。纵然渺小，它们也能以自己为轴绕着中心旋转，是一颗自立的天体，这点无可动摇。

我似乎又一次在无意识中，呈现了旋转的物体和陀螺的形象。那么在最后，就用陀螺收尾吧。

*　　　　　　*　　　　　　*

马克斯·恩斯特（Max Ernst）在1924年完成的作品中有幅名为《愚比皇帝》的油彩画，有趣的是，画家在此将阿尔弗雷德·雅里 ① 戏曲中的主人公愚比王，描绘成一只陀螺的形状（如酒桶般胀鼓鼓的，类似发声陀螺）。这只陀螺，与其说是愚比王，不如说是作者雅里的人格表现，

① 阿尔弗雷德·雅里（Alfred Jarry，1873—1907），法国小说家、剧作家，被誉为超现实主义文学先驱。

也是雅里环形意志的表现。同时它似乎也与恩斯特自身的幼年体验紧密相连，这点诱发了我的兴致。

幼年时代的恩斯特，曾在寝室里仿造桃花心木的天花板上，看到各种动物形象清晰浮现的幻觉。有次他发觉，在天花板前，有一位留胡须的奇妙男人。男人酷似父亲，行为举止卑猥得令人惊愕，他从裤子口袋里掏出一根蜡笔，在天花板上涂画奇异的形状。那是凶恶的动物形象。男人动作敏捷，一个接一个地描绘出新的形状，随即又把描绘的图形收集到壶型的容器里。壶和动物都按照天花板上描绘的形状跳脱飞出，纷纷成为实物。男人搅动壶内，壶便开始转动，倏忽间变成陀螺，炫目地旋转。男人手中的蜡笔变成了鞭子……

画家幼时的幻觉里，繁多的性要素清晰可见，尤其是恐怖的父亲与陀螺并存，令我感到浓厚的卡夫卡式氛围。对恩斯特而言，呈现陀螺之形的愚比肖像，说不定只是将愚比的父系家长性格和权力意志与对父亲的回忆结合，使陀螺形状的愚比形象得以诞生，但对我而言，无论如何都想将他完成的陀螺形象与俄德拉代克的幻影重合。如此看来，雅里与卡夫卡相仿，也属于在卡鲁日的《独身者机械》中登场的，自渎性格明显的艺术家。

在雅里与卡夫卡的思想中结晶的陀螺形象——不过，这也只是我的妄想，说不定它也像俄德拉代克一样，没有任何意义。

Vita Sexualis *

读过荷风的日记《断肠亭日乘》的人想必觉察到，在某月某日的日期条目上，附有印刷用语中被称作"中圆点"的小小黑点，岩波版全集里每页有一两个，也就是说，其出现以数日为间隔，呈现一定规律。不，也许不是所有人都能察觉。这世上有人生性对神秘可疑的记号反应敏捷，也有人向来无动于衷。若说到我，我属于反应敏捷的那种人，自第一次看到起，我便猜测这个黑点（荷风原本中是朱点）的标识大概与"色情"（erotic），用荷风爱用的话来说是与"淫乐"相关。对此正如秋庭太郎在《考证永井荷风》中所述，"'・'记号意味着什么日子尚未明确，标有'・'记号的条目中均有与女性相关的记载，至少无疑是有

* 　拉丁语，意为性欲的生活，是森鸥外小说的名字。

艳福的日子"。对热衷于阅读荷风日记的读者而言，或已无须我再饶舌。

比如，我们随意翻开《断肠亭日乘》，昭和十一年[①]十二月廿六日条，记有"阴后晴。午后散步。当晚于乌森饮食。艺妓的闺中艳姿，拍得写真六七八枚"，同时很容易能够发现日期上附有"·"的记号。那一天日记的作者是否有性行为，从简短的记述中自然无从获悉。这点无可避免地变得暧昧，但不难想象，或许包括性交在内，作者在广义上的性体验，就是"·"记号的意义。

既然不是女子大学的毕业论文，这样的考察不免显得很蠢，权当木已成舟，提笔聊以自慰——自大正六年[②]起直至昭和三十四年[③]，横跨四十年有余的《断肠亭日乘》中，记号"·"首次出现是在昭和四年[④]三月廿二日，作者五十岁那年。此后的十余年里，这个记号每隔数日便出现一次，直至昭和十九年[⑤]十一月六日时戛然而止。那时作者六十五岁。不消说，那是战争，更明确来讲，是空袭的威胁完全支配了庶民生活的时期，不久偏奇馆被烧毁，对不得不逃往中国地区的作者而言，已不是为色情而骚动的时候。

直到战后，这个记号在昭和二十二年[⑥]二月三日重现，

① 1936年。
② 1917年。
③ 1959年。
④ 1929年。
⑤ 1944年。
⑥ 1947年。

荷风六十八岁那年。但此时不是黑点而是白点（"。"），从前的黑点也只出现过两次，随即便不见踪影。昭和二十二年二月廿七日条记录着"晴转阴。午后再访小岩私娼窟"，那一日的日期前也有记号，与战前相仿，战后的记号无疑也是色情的指向。而对老龄作者的肉体而言，无论通过何种手段，仅隔数日便完成一次性行为已无可能，因此在战后的情况下，也应将所谓色情，设想得更为笼统宽泛。或许不过是奔赴小岩，与东京宫①的女人独处，又或许是更为无足轻重的事，用当今时兴的措辞来讲，只是想象力（imaginaire）的问题。将"。"记号理解为色情的指示时，从它出现的频率来看，不做这样的解释便无法自洽。无论如何，"。"记号在二战后十年间无间断地持续，直至作者七十八岁那年的春天，昭和三十二年②三月十八日戛然而止。不妨设想荷风那漫长的 vita sexualis，在此名与实一同（想象力也包括在内）悲伤地迎来彻底的结局。

早在战争时期，昭和十八年③十二月三十日，六十四岁时的岁末述怀里，荷风就有如下的嗟叹，吸引我们的注意。那日，他在玉之井④的娼家似乎没有发生任何肉体行为。

① 位于江户川区小岩，是为进驻军开设的慰安所。
② 1957年。
③ 1943年。
④ 从二战前到1958年日本《卖春防止法》施行为止，存在于旧东京市向岛区寺岛町的私娼街，也是荷风的小说《濹东绮谭》的舞台。

顺路探访数年来相熟的娼家，如今老衰之身已无事可做。终于到了这等年岁，若非遇见闺中技巧非凡者，纵有欲求也无能为力。曾在日记里读过，天保时代的儒者松崎慊堂六十六岁时与十七八的侍婢欢爱。余不及古人之处不啻经学文章，不禁浩叹。

顺带一提，这天的日期上没有黑点。

我写这篇文章，并非为了探寻一代浪子荷风肉体能力的极限。我主要关心的，是日记中作者悄悄设计的黑白点系统所显示的心理意义。"·"记号开始于作者站在半百的入口处，也许极具暗示性。荷风当时尿蛋白升高，且有脚气症候，身体极易陷入疲劳，午后便已昏昏沉沉。迈入初老，深感气力衰竭。虽说荷风原本便异乎常人地执着于记录，但不正是男性生理上对肉体的无力与不安的感触，才使得"·"记号系统应运而生吗？不，或许无须这般朴素现实主义的理由，一般对某个年龄层而言，性的快乐与死的不安已如盾牌正反两面，即便不是荷风那般沉迷记录的人，在日记里将自渎与梦遗的次数，或是性行为的次数用记号记录下来，这世上有如此癖性的人也当数不胜数——以上就是我想要说的。

直到死亡为止，还有多少回能够委身于射精的痉挛，每次将会丧失多少精液，在如此思虑中陷入惶恐不安的，恐怕不止我一人。某位法国作家关于色情的定义，已被粗陋卑劣的批评家们滥加引用（我似乎被荷风式说辞附体），感觉沾满了手垢，即便不特意想起这个，我们仍只是为了死亡而生存。《断肠亭日乘》中可疑的黑点系统，是快乐的里程碑，同时也是死亡的里程碑。无论荷风是否意识到这一点，至少在我看来是如此。

尤其是如荷风这般生性不愿成家生子、只一味将女性看作性玩物的男性，这种丧失的意识和死的意识，才被打磨得愈发锐利。他无法与女性保有人情世故的关系，如同中村真一郎的评论（《荷风全集》第十三卷月报），对于一心封闭在"玻璃之城"中，决不许他人进入其内部的精神而言，性机制只是如自我运动的机械一般，重复着单调的兴奋与丧失。机械最终会耗尽燃油，老朽得无法运动。永动的机械是不可能存在的，即便与"有闺中非凡技巧"的女人相遇。

由此可见，荷风的性观念被某种技术支配。《四叠半隔扇的底衬》①出自他之手，从何种角度来讲都有必然性。坦率来说，我虽在前文写到死的意识，但对于荷风在多大程度上意识到这一点，仍抱有诸多疑虑，在被空虚的儒教伦理重重束缚的荷风的表面意识中，他除了将此表现为某种虚无主义的情调外，似乎别无其他结成文学果实的方法。因此，若我望着《断肠亭日乘》中散落的黑点、白点那执念的连续，将其解释为通向死亡的里程碑，或许会招致过度解读的非难。又或者，若将《断肠亭日乘》视作荷风的

---

① 荷风的短篇小说。讲述作者金阜山人偶得男女情交的书，誊抄并介绍给读者。

一个创作，也只是暴露了被荷风的术策玩弄却无计可施的事实罢了。然而，请注意这并非文字而是记号。偏爱明晰的荷风对此却没有做任何说明。这不正是一个穿透了荷风密闭的"玻璃之城"的细小的黑色孔洞吗？透过这个黑色孔洞，我陷入了些许窥看到荷风潜意识秘密的错觉，也绝非毫无缘由。

因审视的角度不同，荷风的性生活，在我看来极其正常且健康。那是一种全然缺乏对他者的顾虑的孤独自我的健康，自我运动中的机械的健康。没有对他者的顾虑，严格意义上也算不上施虐癖。他不似川端康成偏好处女，本质上也不似谷崎润一郎，全无想被女人的脚践踏这等奇异的欲望。对他而言，施虐与被虐的形式，原本就全无成立的余地。

昭和三年①十二月十一日的日记里，荷风用得意的口吻写道，"余喜爱女人，却从未侵犯过处女，也未身陷不道德的情事。回顾五十年之生涯，令人做噩梦的事未曾做过一件"，对此无妨欣然首肯。我想，如荷风那样，不知享受幻想性爱之乐趣的文学家也实属罕见。对他而言技术体系比任何事物都重要，他没有余裕去像康成和润一郎那样，沉溺于观念的淫荡。在这层意义上，他也无愧为儒教伦理的天选之子，即便爱写猥亵文章，也丝毫没有触及"使正常人萌生羞耻厌恶之情"的内容，亦即异常的性爱与不健

---

① 1928年。

康的性爱，虽然这不免令人遗憾。如此在性上对技术的偏重，也在荷风的小说写法上不惜余力地发挥作用：他的小说无论如何也难掩匠气。

在这里虽无法详细论述，但存在有被天主教视为禁书而欲从世上根绝的，从观念的淫荡中滋长的萌芽。荷风虽耽于阅读19世纪的法国文学，但我想，他或许连恶的存在本身也不知晓。不过形而上学也没什么趣味，在此不做深究。

若是无论如何也要找出荷风身上可以称之为异常的性欲形式，那无非是窥淫癖（scoptophilia），眼的欲望，也就是"偷窥"罢了。他一生坚持的摄影爱好、对市井风俗超乎常轨的兴趣，或许也可以看作是窥淫癖的一种不同形式的发现。《竞艳》①的第三章《鸭跖草》以如下奇怪的文字作结："吉冈静静地把女人的身体从手臂上放下躺倒，将麻制睡衣扯到身边，却绝不熄灯。吉冈想清晰地注视女人在自己的男性力量下欲仙欲死，为全身的快感而翻来覆去、煎熬苦闷的她的裸体、她的脸庞、她的表情。他渴望真切地目睹迄今为止的经验中最为浓艳的实况，这也是他在浮世绘画师的绘本中所见过的最不自然的姿态。"宛如只有性器与眼的怪物的爱抚。这则描写，与《四叠半隔扇的底衬》中的描写在本质上并无不同。也没有必要在此特地指出。

如此说来，若认为我低看了荷风的文学，不免令我困扰。直说或许愚钝，荷风散人一生都只以自身的好恶为判

---

① 荷风的长篇小说，以东京新桥的花柳界为舞台，讲述艺妓、实业家与演员间的故事。

断基准，乍看是趣味刁钻的刻薄之人，事实上却是至高无上的道德家，我偏爱荷风的文学。

*　　　　　*　　　　　*

　　直至今日都难以入手的萨德侯爵的著作，荷风自然没有系统读过，而我察觉到《断肠亭日乘》中有一处出现了萨德著作的名字。昭和二十二年十一月廿二日条中，日期上附有"。"记号。"晴。正午小泷来谈。从某人处借来佛兰西版淫书数卷"，还枚举了四册书的书名，据我调查，除了萨德的一部，其余均是19世纪家喻户晓的情色小说。萨德的书名为《犯罪之友》（*Les Amis du Crime*），不存在以此为名的独立作品，我想那或许是某部难以信赖的选集吧。荷风是否读了这部书呢？我想，即便他借阅过，它对战后荷风枯涸干渴的情感也不会有任何影响。

　　我之所以在这里提起萨德之名，不是为了强行将二者联系在一起，对二位东西好色文学者进行比较（这样的做法我早已厌倦）。事实上，我只是想谈谈萨德晚年的日记。

　　关于1970年首次刊行的萨德未发表日记，我从前曾撰一文 ①，在这里重复相同的事不免忐忑，自然，我会试着改变部分观点。日记的草稿为笔记两册，最初的笔记是从1807年6月5日至1808年8月26日，第二部笔记是从1814

① 《萨德侯爵的最后之恋》，最初刊载于《尤里卡》（『ユリイカ』）杂志1972年4月号，后被收入传记《萨德侯爵的生涯》。

年7月18日记述到同年的11月30日（萨德死前两天）。除这两册笔记外，堪比荷风的记录狂魔萨德，还用文字填满了许多笔记，遗憾的是，它们落入官员的手中，没收后被尽数烧毁，永远不见天日。留下的只有这两册而已。

执笔最初一册笔记时，萨德六十八岁，第二册笔记已是七十四岁。这段经历因彼得·魏斯（Peter Weiss）的戏曲而脍炙人口，那时，这位落魄的前贵族老作家，是出版猥亵书籍的危险人物，被监禁在沙朗通精神病院的一室。因院方干涉，他的行动极不自由。因此老作家日记的内容，多是对金钱与健康状态的隐忧、和入院患者间的反目成仇、对院方处置的忿忿不平，是糊涂妄语的连续。有趣的是，在如此不自由的疗养生活中，萨德暗中与孙女辈的少女缔结了亲密的关系。关于他和这位唤作玛德莲的姑娘的交情轶事，我曾写过，这是萨德洛丽塔情结的流露，此处不再复述。在这里我想讲的，是在此前的文章中未能充分涉及的，在老作家日记中出现的奇妙记号。

两册笔记中，萨德使用了与希腊文字"Φ"相似的记号"Φ"。最初的手帖中出现了四次，第二册笔记中仅出现一次，因此与《断肠亭日乘》中的"·"和"。"记号无法相提并论。即便如此，它也依旧是暗含色情意味的记号，为日记作注的乔治·多马（Georges Daumas）也明确阐明了类似意见。萨德常将记号"Φ"与"idée"一语并用。这点十分重要。Idée 姑且可以等同于妄想和空想中的"想"字。那是头脑中的事物，即想象力。比如1808年7月4日条中记录着："是夜，发生了第八十二次 Φidée。"已经记下了 idée，那么现实的肉体显然没有参与——我是这样猜想的，而事实又是如何呢？或许萨德的男性机能已完全衰退，只能在他的脑海中，如余烬的炭火般，熏黑色情的 idée。

据编写后藤新平传的泷川政次郎所述，这位因诸多宏大计划而闻名的政治家在德国留学期间的日记里，将与女人共衾之事都用德语详尽记录，后来似乎觉得用德语记录太麻烦，只记下女阴的形状。读到这则记述（收于《江口·神崎》），我不禁猜想，萨德的"Φ"会否也是女阴之形。萨德小说中几乎所有人物，都对女性前面的部位表现出极端的厌恶之情，现实中的萨德，尤其是老年萨德自己，或许已经舍去了这种固定观念。但这也不过出自我的想象。

作为参考，我将译出 1814 年 10 月 23 日条，其中也出现了玛德莲姑娘的名字。

我在与往日相同的时间等待玛德莲。十点时拉·库朗热走来，告诉我她得到十一至十二点才会来。她十二点十五分前来，到两点为止都在我的房间里，但直到最后态度都很疏远。对此我忿忿不平，她说是因为我们在医院，若是在外面就会采取其他态度。随后她许下诺言，我会一直对你忠诚，绝不会离开你，请相信我。她今天月经。她以此为由不与我一同进餐，我顺从了她。但她也说了许多妄言，诸如你因为法律原因无法获释，我也会被禁止出入，因此不得不谨慎小心。为了支付与两双袜子一同购买的新马甲，她收下了十法郎。即使是这样，一瞬还是发生了Φidée。

如引文所见，萨德对年轻的寻常姑娘摆出和善老爷爷的姿态。相比起曾在城中召集众多娼妇，无情地对她们挥鞭毒打的年轻时无赖放荡的侯爵生活，这几乎是难以置信的转变。七十四岁的萨德在精神病院的一室里，以年龄相隔五十余岁的少女为对象，为不被周围察觉而战战兢兢。我们无法得知他沉湎于怎样的性游戏，但简单来说，无外乎是在老人的脑海里，瞬间闪过了幽灵般的性欲幻影。这便是记号"Φ"的意义。

我不禁想到，或许在荷风《断肠亭日乘》的战后部分中出现的记号"。"，与萨德日记中的记号"Φ"，在实质上没有任何差异。如此看来，以败战为界限，充实的黑点变为空虚的白点，或许也有特别的意味。

我想起了自己喜爱的诺瓦利斯的日记。对二十九岁就英年早逝的诗人而言，二十五岁时的日记或许与萨德的日记一样，同是晚年的日记——在这个年轻的晚年（?）日记中，他频繁笔录下情欲的发作。比如 1797 年 4 月 18 日中就有"清晨，情欲发作"的记录。同年 6 月 9 日则是"发端于清晨的情欲妄念，直到午后终于爆发"。"正午前头痛，午后终于转好。黄昏时沉入思索的心境。"不过，从清晨起突然袭来的情欲发作，随之而来的似乎总是哲思性的明朗心境。毋庸说是浪漫派的梦想癖。这难道不是年少的特权吗？

若是透彻的灵魂，无论对象身在眼前或是不在，情欲与哲学都能直线相连。情欲与哲学的悲情离别，只发生在枯涸饥渴的灵魂上。

萨德的日记终止于1814年11月30日"初次戴上皮革疝气带"的简短记述。他在两天后，12月2日下午10点左右去世。早在半个月以前，这个在精神病院中孤独生活的老人就感到身上出现不明原因的剧痛。病院的看护人员就在近旁，使得萨德的孤独得以缓和，或许可以这样讲。虽然没有比较的必要，但除此之外，我无法不联想起那再无记述及描写的"正午浅草""正午浅草"的东洋式凄怆苛烈。

孤独，也分各种程度和类型。

     *   *   *

森鸥外十四岁时，在东京医学校的寄宿舍里被教会"坏事"，他写道："我尝试着做了。却没有从旁人那里听来的那么愉快。痕迹也实在令我头疼。我强制自己想象那些可笑的画面，反复尝试。这次不仅头痛，还心悸。此后我便很少做那件事。我并非内在触发，而是从旁人那里习得的智慧，属临阵磨枪，才无法成事。"(《性欲的生活》)对于这样的心事，我等无论在心理层面还是生理层面，都无法想象。我想多数人都和我一样，是实践先行于知识的。

但无论如何，我总觉得鸥外的逻辑中有些奇怪之处。本可反复空想春画中的场景，在意识上促成勃起和射精的少年，为何无法从中发觉快感的源泉？《性欲的生活》的主人公明明将色情形象与肉体反应紧密衔接，却唯有快感从中脱落，这能否成立呢？疑问不仅如此。鸥外写的"我并非内在触发，而是从旁人那里习得的智慧"，似乎是在强调自己性觉醒的迟缓，那么他是在年纪多大时，才初次感受到"内在触发"的事态呢？又为何没有写下那时的事？为何只一味书写无感的事，却不写感受得到的事呢？

所谓压抑，是令某种可能招致不安和破灭的观念与欲求，无法浮上意识表面的机制，它不仅禁止欲求被满足，同时还使欲求的存在本身无法被意识到。鸥外无疑是抑制力极强的人。《魔睡》及《蛇》等短篇，都是被作者压抑的性欲缓缓浸润的作品，如同岩石缝隙中有地下水渗出一般。作者显然畏惧女人的性欲。似乎在他的思维中，理性占上风的男人可以"驯服性欲的猛虎"，而点燃与男人不同的女人的性欲则非同小可。未完稿的中篇《灰烬》中，出现了经历性转换的赫马佛洛狄忒斯①，怪谈风格的短篇《鼠坂》的主题，则符合淫乐杀人这个陈旧的词语。

谷崎润一郎的《神童》中的主人公春之助，十八岁时便已将身心浸淫在令十四岁的少年鸥外无法感到愉快的恶习中。"在某种机缘下，他生来第一次体尝了某种罪恶的欢愉，已是一年多以前的事。不久后他便悟到那是道德上的罪恶，觉察到那是肤浅的行径。当他感受到那会在生理上

①　希腊神话中的阴阳神，也是雌雄同体（hermaphrodite）的语源。

为他带来如何令人不寒而栗的弊害时，它已成为积重难返的习惯。他在无意识间恋慕町夫人的容色，憧憬千金铃子的肉体。"

道德上的罪恶，或是生理上的弊害，以现代医学的观点来看，都不过是滑稽的说辞。享乐主义的润一郎，将恶习与愉悦的协同视为自明之理，实在出色。然而，若是鸥外，会因这个行为本身而体尝到道德上的罪恶感吗？我想恐怕并非如此。即便在《性欲的生活》中，它也丝毫未被当作问题来处理，而鸥外本人又是所谓性科学的权威。他的抑制机制不过是对人世运作，在道德领域是力所不能及的。

至死为止都保有童贞之身的诗人大手拓次，几乎每天都离开寄宿的屋舍去澡堂，在那里隐约可见的女浴中的裸体，都被详尽地记录进了日记里。日记始于明治三十八年①，结束于昭和三年，漫长的年月里，尤其在大正九年充斥着肉欲的裸体描写。不仅在澡堂，拓次无论在电车内还是在街头，都将视线如舔舐般倾注在擦肩而过的女人们身上。

梳理头发，穿好衣裳后，我看到女浴的脱衣室里，丰腴玉润的雪白女子的后背。丰满的腰部与对比之下稍显窄小紧致的臀部间，白嫩的肉在闪闪发光。片刻过后，似乎在检查是否有顽童偷窥，她转过身来面向我。乳房和腹部呼之欲出。两条腿间无以言喻的、丰润与丰润间的美丽溪

①　1905年。

谷，隐约的黑色微微发光。

灵活运用日语黏着性的独特的平假名表述，与拓次的诗中相同，最适合表达朔太郎所谓"性的恼人情色"。就这样，他将在视网膜内生擒的女人们的形象，通过记忆影像再现，随心所欲地投身于自己的情欲。似乎只是一味以对象的不在场为契机，他的世界得以呈现为性的欲望世界。结束于苦涩的告白："毫无节制。我看着 S 子的照片。无节制过后，倦怠又不悦的心情，简直是毒。不快的心情使人欲呕。"（十二月十六日）这是典型的自渎者，小心翼翼又纤细温柔的独身者的自白。即便如此，我依旧在"无节制"这样的表述里，感到与"道德上的罪恶"以及"生理上的弊害"等词语相似的滑稽。

虽同属于独身者，明治时代百科全书派的狩野亨吉与诗人不同。作为安藤昌益[①]的发掘者，同时也是一切知识、书籍与春画的收藏家，他令我们感受到更为宏大的格局。彻底到如此这般，自渎者似乎有了某种狡诈的怪物性。与萨德及荷风一脉相承，他也热衷于某种贪婪的记述及记号，并且将性理解为技术，拥护强韧的唯物论思考。技术。——我在前文提到，荷风的性欲形式，是亢奋与丧失的循环往复，并将其喻作自我运动的机械，而事实上比荷风更为妥帖的，或许是狩野亨吉那孤独的性。

① 安藤昌益（1703—1762），江户时代中期的医师、思想家、哲学家、革命家。

我的文章骨碌碌地打转，似乎圆环已经闭合，便想着就此搁笔。嘻，这回可真是精疲力竭。虽没有得出像模像样的结论，但原本就不是为了得出结论而写的，倒也无妨。

*　　　　　*　　　　　*

附记：这篇文章刊载在杂志上后，很快我就接到了林达夫的电话。他笑着告知我，昭和二十二年廿二日，差遣当时中央公论社社员小泷造访市川的荷风府上，送去包括萨德在内四册法国情色书籍的，其实是他本人。原来如此，荷风日记十一月廿九日里记录有"午后小泷、林达夫来访。林氏惠赠其近著文艺复兴及哈利斯①的日记"，我本应留意到其中端倪。想来也是奇妙的因缘，故识于此。

---

① 汤森·哈利斯（Townsend Harris，1804—1878），美国外交官，第一位驻日美国大使。此处的日记疑指《日本滞留记》。

创
造
恶
魔

《撰集抄》的作者是西行①这一古来的论说，在当今已不被认同，但于我而言，事实究竟如何则无足轻重。民间故事的叙述者或主人公需有一个名字才方便，这篇文章就依照惯习仍用西行之名。我想撷取的是《撰集抄》卷五第十五的逸闻，讲的是以死者骸骨为材料造人的奇妙返魂秘术。题为《西行于高野深山造人之事》。

　　那时，蛰居在高野深山的西行常与头陀友人在夜里望月畅谈。头陀因要事上京后，西行便缺少谈笑的友人，浑浑噩噩中感到人情可贵。猛然间便想起鬼收集死者遗骨，从中制造人类的事。"我也来试着制作一次如何？"也并非毫无头绪。西行思忖着，摇摇晃晃地彷徨在荒野间，拾起被弃置的

① 西行（1118—1190），日本武士、僧侣、歌人。作和歌约2300首。收集西行传说逸闻的故事集有《撰集抄》《西行物语》。

死者遗骨，用植物纤维将它们拼合起来，施以秘术，最后似乎造出了与人类相近之物。它虽与人类的形态相似，却肤色暗沉，没有分毫灵魂，虽能发出声音，音色却似管弦，俨然吹走音的笛子。要就此收手吗？就算如此，若一气之下将它毁损，也会犯下杀人之罪。没有灵魂则与草木相同，即便这样想，也无法对呈现人形的东西施以暴行。西行在万般烦恼过后，将它抛弃在荒无人烟的高野深山。

然经沉思后，西行愈发感到自己的失败十分可疑。他想探求失败的原因，到达京都后便前去拜访秘术的宗师德大寺。适逢德大寺外出，无奈西行只得去谒伏见前中纳言师仲卿，那人似乎也是秘术的大家。"所为何事？"面对师仲卿的询问，西行答道："所为这般。"下文西行的叙述引自岩波文库本：

出旷野，在渺无人烟处，收集死人尸骨，从头至于手足，将之依序拼合，涂砒霜和云药，揉碎草莓和繁缕的叶，用藤或脉牵引支撑，入水中清洗数次，烧西海子与木槿的枝叶成灰，涂在头颅上应生出头发处。在地上铺稿席，将其骨置于席上，在不透风处，放置二十七天后，前去焚烧沉香，举行返魂秘术。

文中的砒霜，是砒石精炼后形成的粉末，据小野兰山《本草纲目启蒙》记载，纪州高野山产砒石，因此这则故事也许并非毫无根据，我不由得这样想。高野与熊野，在中世时期都意味着死与转生的暗黑世界，可以说，恰如其分地充当了这则故事的舞台。植物"西海子"即西海枝，又叫"皂荚"、"荚"。返魂秘术因汉武帝与李夫人的故事而广为人知，是召唤死者的魂魄，使其在香炉青烟中显现的法术，此术并非指单纯地使死者的幻影浮现，而有创造活人之意。这之间的往来我全然不知，只得想象其中或许有真言密教，抑或阴阳道的秘法与之相关联。

对此姑且不论，师仲卿对西行言明的方法展开了怎样的批评，请看下文。

大抵无碍。你返魂之术修行尚浅。我曾偶得四条大纳言传授秘术，造过数人。如今其虽有卿相者，倘若暴露，造者与所造之物俱溶解消失，万不可告人也。见你既知不少，则传授予你罢。不可焚香。以香远魔缘，集圣众德之故。然圣众深忌生死，难通灵性。需焚沉香与乳。复行返魂秘术之人，七日间不得进食。如是作法，必能成功。

令人惊诧的是，据师仲卿吐露，迄今为止他已成功用秘术暗自造出数人，他的人造人中甚至有飞黄腾达、一跃晋升为大臣者。然而，若透露了那位人物的姓名，身为造人者的自己与被造出的人类，都会瞬间溶解消失，因此万万不可泄露秘密。这已然是志怪的世界。此外，他还像个专家，悉数指出西行所用方法中的谬误。

西行是否有志遵循师仲卿的忠告，再次挑战造人呢？

并没有。如同他自言"听来实属无益之术"那般，他已感到厌烦。是什么令他感到不快呢？或许他已隐约地察觉，人造人的野心是欲篡夺本仅属于神的造人事业，与之相伴的是某种宿命般的不祥气息。他已感到，窃取神创秘密的行为，有着某种恶魔的意味。虽不知他本人（或说这则故事的作者）是否明确意识到这点，但姑且可以称之为一种形而上学的不安。在日本中世的故事中，描绘此类不安的事例，依我陋见，是极罕见的，即便是通过暗示的形式。在这层意义上，至少对我而言，混入《撰集抄》的这则出处可疑的逸闻值得珍惜。

其角 [1] 在《猿蓑》序中，将西行造人的逸闻，解释为揭示作句之法真谛的一则寓言。我不由得想，如此单调的解释，无疑破坏了这个原本富有魅力的故事。

在欧洲传统中，13世纪享誉盛名的经院哲学家大阿尔伯特，曾成功使用木头、蜡与铜制出一位人造人。人造人成为大阿尔伯特的仆从，勤勉伶俐地劳作。某日，他的弟子托马斯·阿奎那来拜访哲学家位于德国科隆的宅邸。托马斯叩门后，人造人毕恭毕敬地推开门，说了些莫名其妙的话。据说托马斯惊恐至极，毫不犹豫地破坏了这个人造人。或许他也感到与西行相似的不安。

并且，西行的这则逸闻展现了，在具有本草学及神仙思想传统的东洋，植物在造人的材料中扮演重要的角色，

---

[1] 宝井其角（1661—1707），江户时代前期的俳谐师。

这一点耐人寻味。除砒霜外，草莓、繁缕、木槿、西海枝均是植物。

试着捡拾欧洲引人瞩目的人造人神话及传说——身体残缺的赫淮斯托斯为走路时支撑自己，用黄金制造出两位姑娘。皮格马利翁用象牙制出他妻子与女儿的雕像。克里特岛的塔罗斯是青铜人。犹太传说中的魔像戈连是黏土人。如此看来，几乎所有人造人都由隶属于大地的金属和泥土塑造形状。例外的只有曼德拉草和荷姆克鲁斯。前者被视为从死刑犯的精液中诞生的植物，后者是一种在玻璃瓶中用精液培养生长的矮人。或许在这些情形中，精液与其说是创造人类的材料，不如说更接近中国的魂魄观念，可以视作生命原理本身的象征性表述。而精液原本就只属于男性，因此可想而知的是，在这里只有魂魄之中代表天之阳气的魂在灵活地运动，而作为地之阴精的魄却从中轻易脱落。

如《礼记·郊特牲》有曰"魂气归于天，形魄归于地"，中国自古以来便有魂如同气体般脱离形体向着天空上升，魄则作为形骸残留在地表的观念。如此看来，西行收集的死者骸骨正是残存在地面的魄，返魂的秘术，则可以看作是唤回从魄挣脱而出的魂的计策。与制造荷姆克鲁斯相似，在返魂秘术中起决定作用的是天之阳气，至于地之阴精，只需弃置在荒野上的骸骨便已足够。

捎带一提，在西欧的造人历史中，地之阴精，也就是女性原理时常缺失。从古代的亚里士多德与普林尼起，经由炼金术理论，到17世纪生物学上的先成说为止，素来如是。即促使胎儿生成的只是男性的精液运动，女性不过是提供了子宫这一思考模式。返魂之法，也是将与魂对应的魄仅当作物质和材料，想来这也与西欧的思考模式相似。妊娠时月经停止，也被认为是为了将血作为营养提供给精子。卵子似乎无论如何也无法进入学者们的视野。用象征性的说法，所谓的炼金术理论，便是无须母亲协助便能创造孩子的理论，也可称之为人工子宫的理论。将金属胎儿从大地的子宫中取出，移入人工子宫（曲颈甑）中，使它完全成熟，成长为高贵的金属，这便是炼金术。歌德《浮士德》中的荷姆克鲁斯，亦是在瓦格纳的实验室里，仅以火（男性原理）为媒介诞生的孩子，是名副其实的无母之子。

西行的逸事还令我不由得联想到对戈连的心理学解释。此类意见称，戈连实际上并非物质存在，而是积累了见神 ① 体验的犹太卡巴拉学者们，通过断食、冥想、舞蹈等，在对肉体极端驱使的最后，于意识朦胧中隐约窥见的自己的分身（double）。换言之，戈连是从戈连作者的人格裂缝中浮现的幻影。西行在高野的深山里通过猛烈的密教佛道修行，或许也看到了同样的幻影。幻影是愿望，同时也是恐惧。他之所以心存留恋地顷刻间斩断创造人类的梦，我想其一是对分身幻视（Doppelgänger）的恐惧意识运转所致。

如同抹去刻在戈连额头上的神圣文字，他便瞬息间崩

---

① 通过灵感感知神的本体与神灵的运动。

塌，归为一块黏土一般，一旦公开由返魂秘术造出的人造人的名字，它们似乎也只能灰飞烟灭。由人类的愿望与恐惧造出的无实体的幻影，难道终究只得步入相同的命运吗？

＊　　　　　　＊　　　　　　＊

　　昔日御所内的女官，有一位心上人，曾热切互诉衷情，但女官深居金殿之奥，男人无法入内，只能偶尔在朝廷隔帘隙窥伺。因太过憧憬，她令人依男子其形镂刻木像，面容躯体均与寻常人偶无异，与男人亦不差分毫。容色俊美自不赘言，至于毛孔、耳洞鼻孔、口内牙齿俱分寸不错地制作。实为让男人伴侧方作人偶，故此男人与人偶之差唯在有无其神。那女官请旁人观看，纷纷说它宛若真身的映像，令人扫兴，污秽不洁，令人不寒而栗。就连女官的心肠也冷淡下来，厌倦置于身旁，终弃之了事。

　　上文载于穗积以贯的净琉璃评释书《难波土产》卷一的开头，是近松门左卫门有关艺术论述中的一部分。虽是为旁证著名的虚实皮膜论①的一则例证，也不妨当作有关人偶的逸闻。我想即便从虚实皮膜论中独立出来，这篇文章也通过叙述人偶现实主义显示的异样惊悚感触，体现了无可比拟的感染力。

---

① 近松门左卫门提出的演剧理论，反对写实，将艺术视为在虚实的皮膜间的事物。

无怪乎，人偶的灵异故事，在古今日本文学中数不胜数。然而，诸如《今昔物语》卷二十四《高阳亲王造人形立于田野》和假名草子《狗张子》卷七《细工唐船》，无非是报告了机械人偶的机巧趣味；《御伽婢子》卷八《屏风绘中人形跃歌》，亦不过是童话式怪异的一个变体（variation）。用简洁的笔触，在白日里剥离出潜藏于人偶这一存在的本质中的不祥与恐惧——若再次使用我在前述西行故事时援用的词汇，就是一种形而上学的不安——我想尚无文章能胜过近松。

　　近松笔下的御殿女官命人制作与恋人相仿的人偶，想将它放在身旁，却因人偶过于逼真"不寒而栗"（觉得瘆人），只得丢弃人偶。而说起现实主义，天外有天：在维利耶·德利尔－亚当（Villiers de l'Isle-Adam）的《未来的夏娃》（*L'Ève future*）中登场的无所不能的发明家爱迪生，则超越了近松的人偶制作，谋求现实主义的极致，即现实与假象的完全一致。当现实（男或女）与假象（人偶）几乎无法被分辨，完全一致时，或许已丝毫没有恐慌介入的余地。此时，爱迪生将成为与造物之神等同的存在。不，或许应该将这个故事视作古老皮格马利翁传说改头换面的复活。

　　因此，包括近松剧作在内的近代人偶故事，无一不蕴藉着色情要素。那大概是西行的人造人传说、戈连传说都未曾染指的要素。遗憾的是，对于现代的自我意识，我没有探讨的意欲——简单来说，不就是穷极了与现实接触的不可能性吗？若是如此，作为现实的替代物甚至假象，人偶这一存在的浮现可谓意义深远。毋庸置疑，利尔－亚当可以被誉为近代人偶美学之父，他的作品中的人物爱迪生用热烈的口吻诉说着幻觉艺术的哲学。

对您来说，那个女人真正的人格，那个女人美丽的光辉，都不过是从您的整个存在中苏醒的"幻影"。您爱上的仅是那个"影子"。您愿意为"影子"而死。您视为绝对现实事物的，仅仅是"影子"！您呼喊、眺望、在那个女人身体里创造的，都不过是被对象化的您的精神的幻影，都不过是在那个女人之中被复制的您自己的灵魂。是的，这就是您的恋爱。

由此看来，根据爱迪生的幻觉艺术哲学得出的结论便是，无论是爱上现实中的女人，还是爱上作为其模型的人偶，都没有区别。虽难免有无谓重复之嫌，但这是因为，被爱的对象，不过是爱的主体"被对象化的精神的幻影"。正如通过从亚当的胸中抽出的肋骨，夏娃得以诞生于世。在这里，不妨再次想起我在前文中提及的对戈连的心理学解释，也就是戈连必是从戈连作者的人格裂缝中生出的幻影，是作者自身的分身这一解读。换一个视角，也可以说现代的人偶，就是色情化的戈连本身，是伴随着现代人的社会病理学而进化的，色情化的分身。

我在前文说过西欧的造人历史中自始至终缺乏女性

原理，也提到从男性的精液中出生的荷姆克鲁斯是无母之子。这一点，在现代的人偶故事中也丝毫没有改变。无论是《未来的夏娃》中的爱迪生，还是霍夫曼①的《沙人》（*Der Sandmann*）中的律师考普留斯或大学教授斯帕兰扎尼，都在没有母亲的协助下制造出女儿（自动人偶），也都是有着昔日炼金术师相貌的男人。在这个男人们的谱系里，我还想添上霍桑的《拉帕奇尼的女儿》（"Rappaccini's Daughter"）中的拉帕奇尼博士，以及索洛古勃②的《毒园》（*The Poisonous Garden*）中的那位老植物学者。他们虽不是人偶制作者，却从孩童时代起就用毒素养育自己美丽的女儿，从根本上使她们的肉体组织发生变化。这些女儿也是某种被父亲创造的人造人，是某种人偶。

隐居在城堡深处，不让他们那不可思议、超凡脱俗的女儿出现在人们面前，经营着实验室或毒草园，终日进行着被严禁的科学与哲学研究，拥有这般魔法师气质的父亲形象，若要探寻想必还可以找到更多（《暴风雨》中的普洛斯彼罗或许也是其中一例），我想这或许是一种极为古老的类型，只是，浪漫派以后的作家高高兴兴地将他们复活了。

众所周知，弗洛伊德在论文《陌异之物》（"Das Unheimliche"）中，纵横开阖地对霍夫曼的《沙人》展开

---

① E. T. A. 霍夫曼（E. T. A. Hoffmann，1776—1822），德国著名幻想作家，主要作品有《胡桃夹子》《黄金壶》等。

② 弗·库·索洛古勃（Сологуб Федор Кузьмич，1863—1927），俄国象征主义诗人、小说家、剧作家、随笔家。

了分析，将作品中的自动人偶奥林匹娅，界定为从热恋她的青年纳塔内尔身上分离出的情结。青年的恋爱是自恋的陶醉，最终，热爱人偶的青年与人偶成为同一。原本我就对弗洛伊德的意见并无异议，只是从前便想着在其中添上父女的主题。明确来讲，是父女不伦这一主题。我不由得揣度，或许弗洛伊德在现实生活中，是位疼爱女儿的父亲，因此才会在此事上思钝文拙。不，弗洛伊德自己不也正是和我在前文中引证的、潜心于被诅咒之学问的魔法师父亲同类型的学者吗？

对此暂且不提，回到父女这一主题。事实上，我并非要谈论弗洛伊德这样的现实中的父亲。我不过是想探讨热爱人偶之士的心理。霍夫曼和利尔-亚当自然在大学生纳塔内尔和贵族青年埃瓦德勋爵身上投射了自我，而与此同时，他们又将自己拟作人偶的血亲——斯帕兰扎尼教授与爱迪生。我对此确信不疑。使人偶诞生的睿智，使人偶自由的权力，这种魔力，定然令他们心驰神往。因此我想，在获得对人偶陷入狂恋而破灭的青年的立场，与使用超凡之力支配人偶的父亲的立场这双重立场下，爱慕人偶之人那自恋的陶醉，才初次成为完整之物。作为小说家，他们自由来去于这两种立场之间，这点也毋庸置疑。他们是青年，同时也是父亲。

然而依照我的观测，这位父亲，大概是虚构的父亲。无论是利尔-亚当还是霍夫曼，浪漫派和风格作家中的大多数，都通常与现实中的父亲这一立场无缘。列举那些顷刻在脑海中浮现的例子即可，比如爱伦·坡、波德莱尔、诺瓦利斯，以及性质稍有些不同的尼采。他们都至少在无意识中厌恶生命的连续，宁愿选择不为人父。正是像这样在现实中拒绝成为父亲的人，才会悄悄将自己拟作虚构的父亲，爱上人偶。这不正是人偶爱好的机制吗？弗洛伊德所说的，投射给人偶的自我之爱，其逻辑的圆环于此初次闭合。自我之爱已使母亲成为空无的观念，似乎父亲也被吸收到自我之中。

利尔－亚当的《未来的夏娃》中，埃瓦德勋爵的梦想，若缺少爱迪生提供的女儿，也即人偶，只能虚无缥缈地弥散。而与此同时，爱迪生也在隐秘地蒙受青年的眷顾。正因青年将自己鲜活的梦想投射给人偶，他的作品才得以成为完整之物。想来爱迪生在青年面前的热烈演讲，也是出于他熟知实情。他们是共犯，在缄默里，彼此协助，也就是成对的存在。

*　　　　　　*　　　　　　*

爱迪生为青年贵族提供的姑娘——自动人偶阿达利——是一个容纳了诸多内容的形式，亦即一个内部空虚的铸型。不过，在这铸型内部，却无须担心使青年惊恐万分的现实，或散发着俗恶生活气味的不快内容会被灌入其中。注入的唯有青年的梦想与欲望。这便是自动人偶无可替代的优点。因她原本就是空虚的，故顺从；因她是人工的生命，故聪明。对一位无法与现实接触，并为此烦恼的青年而言，这无疑是理想的对象。这是在现实被遮蔽的境况下，赋予他与现实接触之幻想的一种舒适的装置。

《未来的夏娃》第二卷第四章中，有一幕场景是在爱迪生的实验室里，爱迪生给埃瓦德勋爵看奇怪的物体。淡紫色绢织垫子上，放着一只青白色、沾满血的女人手臂。在爱迪生的催促下，埃瓦德勋爵轻轻拾起它。"啊！这只手……还是温热的！"接着他捏了捏手指，轻轻地握住。

竟有这种事！那只手温柔地回握。极深情而柔软，温和地包住他的手，青年不由得想象这只手或许和他看不见的某具肉体相连。他感到深深的不安，松开了这个不可理解的物体。

据《天使与自动人偶》这本小册子的作者罗斯·钱伯斯（Ross Chambers）所言，爱迪生发明的这个人工手臂，才是小说《未来的夏娃》的本质象征，因它体现了与现实隔绝，却仍愿与现实产生关联的憧憬。事实上，这只手臂虽与手臂主人的肉体（即现实）分离，却依旧可以实现手臂的运动，是好整以暇地将幻觉艺术的哲学具象化的一个物体。钱伯斯将它视作艺术的象征，我想这种观点也是成立的。

我在这里援引川端康成的《一只胳膊》来对比，想来也不会被人批评牵强附会什么的。

依我看来，从母题到忧郁晦暗的妄念，康成的《一只胳膊》是与利尔－亚当的《未来的夏娃》性质完全重合的作品。区别只有一个是长篇，一个是短篇而已，前者以思想之形呈现的事物，在后者则用肉体之形展现。用"超越"与"内在"这两个词语来区别也无妨。利尔－亚当的小说中，爱的母题横溢全篇，而在康成的小说中却丝毫不见，或许也与此有紧密关联。小说内容无须我特意说明：一位独居的孤独男人，从一位姑娘的肩部取下她的手臂，藏在雨衣里带回公寓的房间，夜里在床上百般爱抚。情节单纯至极，又透着性犯罪气息的超现实故事。男人取下自己的手臂，换上姑娘的手臂。

我不经意间有所察觉。我口中可以感觉到姑娘的手指，而姑娘的右臂上的手指，也就是我的右臂上的手指却无法感知我的唇齿。我张皇失措地挥动右臂，却没有挥动的感觉。肩部末端，手臂的根部存在着阻隔与拒绝。"血液没有流通。"我无意间这样说道。"血液流通了吗，还是没有流通呢？"恐惧席卷了我。我坐在床上，我的一只胳膊落在身旁。

如此苦涩的表述，康成对人类交流的绝望之深，绝不逊于利尔－亚当和霍夫曼。虽同样是从肉体上切断分离的手臂，却不像爱迪生的发明，是抽象而有哲学意义的人造人的手臂，而是在执拗的客观描写的堆叠下被投置于我们眼前的、年轻姑娘的水润的手臂。一节手臂是从整个肉体被切离开来的一个部分，由此，手臂努力成为一种人造人，成为容纳一切内容物的一个铸型。而在本应顺从的铸型中，血液却未能流通……不过，血液最终流动了。

我没有像察觉到我的右臂和姑娘的右臂调换时那般惊恐地大叫。我的肩部和姑娘的手臂都未痉挛战栗。是在何时呢？我的血液通过了姑娘的手臂，姑娘的手臂内的血液也通过了我的身体。手臂的衔接处，阻隔与拒绝是从什么时候起消失了呢？

纵然没有爱，这里也有一瞬的乌托邦。或许正如钱伯斯所言，单臂就是艺术的比喻。

在康成的《一只胳膊》中，在男人与姑娘的单臂嬉戏的房间外面，那潮湿的夜的暗影里，频频有着不安定的、恶魔的气息般的东西在喧哗骚动。从小说开头处就埋下了周密的伏线——抱着单臂、在雨夜街头步行回家的男人，在途中遇到了可疑的汽车、广播节目、萤火等不祥的征兆。这篇小说弥漫着浓重的恶魔的氛围。男人狭小的房间被群魔包围，拥挤得几乎动弹不得。川端康成没有堂而皇之地描写恶，但他无疑意识得到自己一直处于与恶为邻之地。我想，《一只胳膊》就像康成的所有作品那样，成立于那样的危险之地，关乎美丽憧憬。

*　　　　　　*　　　　　　*

从西行的逸事开始，最后再一次提起西行的名字，并非仅仅为了首尾呼应。读者若读过南方熊楠的全集，必然看过西行的《泡子传说》，其作为这篇文章的结尾再适合不过。无须我多言，西行身上还有着许许多多的传说。

据享保年间①出版的寒川辰清《近江舆地志略》记载，近江国有两处《泡子传说》中提及的地点，后来与西行的名字联系在一起的，是坂田郡醒井村。西行从关东下到乡里时，在川边的茶寮休息，引动了茶寮女子深深的恋慕之情。她从西行用过的茶碗里饮茶，随后很快就有了身孕，十个月后生下一个男孩。三年后，女子背着孩子，在川边洗萝卜，西行再次从她身旁路过，他说了这样的话："啊呀不可思议，这孩子的哭声是经文。"女人抬起脸，看到了她三年前恋慕的云游僧。女人于是道清了事情原委。西行感到惊讶，对孩子吹了一口气，孩子即化作泡沫消失了。

《撰集抄》中的人造人若是戈连，这个孩子便是荷姆克鲁斯吧。

① 1716—1736年。

金甲虫

年少时，在爱伦·坡的短篇中我最喜爱《金甲虫》，要说在《金甲虫》中最中意的场景，那便是主人公、业余昆虫采集家勒格朗家的黑人奴隶朱庇特，将一只胡桃大小、黄金般闪着光泽的沉甸甸的黄金甲虫，拴在长长的绳子一端，手握甲虫，攀上美国森林里最挺拔威风的鹅掌楸（tulip tree）—— 学名为 *Liriodendron tulipifera* 的巨木——顶端，从树梢上将金甲虫垂下来。

　　长大后，我热衷于《丽姬娅》与《椭圆形的画像》中的死美人，热爱《钟楼魔影》与《瘟疫王》中知性的无意义，也喜爱《阿恩海姆乐园》及《仙女岛》中的庭园学。而构成我阅读坡作品的体验之核的，似乎还是那只垂直悬吊在一棵高耸的树木上，有着金属般光泽与重量的甲虫的意象。

　　谈论坡的人数不胜数，但执着于如此意象的人大概不会有，而我在十年前得知提倡主题批评的法国人让－保罗·韦伯刚好撷取了这一意象，不由得大吃一惊。试图援用时钟这一主题分析坡的全部作品的韦伯，将用绳子从树上垂吊下来的甲虫，视为吊在时钟摆锤上的坠子的类同物（analogon）。

韦伯的方法，是以从作家的幼年经历中提取的主题为关键，来解读作家的全部作品。对此我并非赞赏，只是针对坡，他选择用具体事物揭示主题（如选择时钟这一概念，则皆以时钟为出发点），这一有趣的着眼方式让我心悦诚服。虽说如此，我自己从很久以前起，也对时钟的意象有着无可理喻的眷恋，韦伯的观点，与我自身关心的部分亦有诸多重合之处。比起主题批评这一方法，我毋宁更对韦伯从坡的作品里引出时钟这一主题，即其对坡作品的洞察之精准感到叹服。

单从这一点也可以发觉，我作为一位主题批评家恐怕是完全不合格的。即便从事主题批评，我在自己心爱的作家身上，也只会找到自己所喜爱的主题，毫无疑问会成为极其缺乏客观性的批评家。然而，若换一个角度考虑，即便是最为公正不阿的主题批评家，或多或少不是也难免被这样的主观任意性左右吗？不如说对主观性进行强化，才是在其最初发端中便包含了主观激进主义的主题批评的生存之道——站在自己的立场上，我不由得这样想。

命名虽稍显虚夸，我们在日常鉴赏艺术中，可以说时常开展自以为是的主题批评。比如我每每翻开卡尔帕乔①的画集，都会注意到多幅画中有品种繁多的狗（或者说包括狗在内的动物）。当然，这种判断缺乏精确度，也没有幼时的经历作为印证，即便如此，于我而言，卡尔帕乔的主题依旧是狗。观看路易斯·布努埃尔导演的电影时，我发现其中必然会出现残疾人和乞丐。这也许是布努埃尔喜爱的主题。或许有人会说，这无足轻重，无非是物神。主题也好，情结或是物神也罢，对我而言也都无可厚非。

回到坡的主题。比起《钟楼魔影》和《陷坑与钟摆》这些在表面的故事情节里一眼就能发现时钟主题的作品，韦伯对如《红死病的假面具》和《厄舍府的倒塌》这样时钟主题并未凸显的作品展现了更出色的分析。

《红死病的假面具》中多次提及时钟。在午夜十二时报时的钟声里，最为戏剧性的情节掀开帷幕，但比起此处，我更觉意味深长的是韦伯如下的观点：恐怖的红死病在全国猖獗肆虐，唯有普洛斯佩罗亲王的城堡固若金汤，与外界的恐慌隔绝，这种与外界绝缘的自我完整性，使城堡获得时钟或表盘的特征。不仅是《红死病》中的城堡，《钟楼魔影》中的圆形小镇，《厄舍府的倒塌》中沼泽湖畔的宅邸里兄妹二人的幽闭生活，也都可以援用上述结论。或许坡笔下故事发生的大多数舞台，都显著体现了这样孤立与闭锁的特性。我首先就被这一点所吸引。

① 维托雷·卡尔帕乔（Vittore Carpaccio，约1465—约1525），意大利威尼斯画派画家。

与此相比，韦伯以诸多作品为例，主张时钟的两根指针，即长针与短针的类比，对我来说是有点穿凿的无稽之谈。比如，韦伯将《厄舍府》中的兄妹、《莫雷娜》中的母女和《丽姬娅》中的丽姬娅与罗维娜小姐，统统解释为时钟的长针与短针，或是指针的上升与下降运动。但本不用大费周章，这些可以简单归纳为一个女性的死与转生的主题，它长久盘踞在坡的心中。短篇小说《长方形箱子》中，一个男人将死去的年轻妻子的尸体腌渍在盐中，封存在巨大的长方形箱子里，带着箱子悄悄搭乘汽船。象征式地叙述这部作品中体现的要素，便是坡终其一生，将一个早逝的女人形象放入箱中，行走间形影不离。那是一个名为无意识的箱子。

对此暂且不论，坡的作品具有自我完整性，充满了对某个时钟的偏执，对于韦伯的这个卓见，再三强调也不为过。坡的世界确实处处都与时钟的形象存在着相似。它不仅如前文所述体现了孤立与闭锁的特征，还有如其所谓的"庭园式小说"中常可见的，空间造型无可比拟，却常被误以为单调的、力求完美的苦心。若时钟本是将时间置换并表现为空间的装置，那么坡生来对空间的眷恋，不妨说径直与时钟的意识形态相通。坡将世界认知为空间，解释为空间，再度构成为空间。比如，试看散文诗般的作品《仙女岛》，它也可以被视作"庭园"之一。在此处，韦伯所述的钟表的时针，也能极自然地为我们所接受。

《仙女岛》亦如诸多岛屿一样，被水环绕，呈现出自我完整性。况且这座横亘小河、草木郁郁苍苍的小岛呈圆形，可以恰如其分地将其想象为时钟的表盘。因此，仙女们乘坐的围绕着小岛环游的小舟，便是时钟的指针。

岛的西边，是百花缭乱的花园，生命与欢喜的氛围深深感染了一切事物。与之相反，岛的东边一隅，被漆黑的阴影笼罩，树林冥冥如墨，被悲伤的情绪侵蚀。据韦伯所言，将岛的西边看作表盘的左半边，岛的东边看作表盘的右半边，那么岛的感情象征便一目了然。表盘的左侧，即从六点至十二点的部分，在这里表针上升，与生命的欢喜氛围对应。表盘的右侧与此相反，从十二点到六点的部分是表针下降的部分，因此与悲伤及死亡的情绪对应。

仙女之舟"从岛的西端的光亮中挣脱而出，缓慢驶向黑暗"，接着"绕小岛一周后，又回到光的世界"。从光亮驶向黑暗，又从黑暗驶向光亮，如此循环往复地绕岛而行，最初欣喜的仙女们，逐渐变得悲伤和虚弱。即便不是韦伯，从仙女之舟的周期性环形运动中察觉到时钟意象的读者，想必也不在少数。这不正是时钟本身吗？

提起环形运动，韦伯细密地指出，虽不似《仙女岛》般带给人静谧的印象，坡的作品中还有《莫斯肯漩涡沉浮记》和《瓶中手稿》两部。"除暴风席卷肆虐的风景，坡的风景都如死亡般静谧"，玛丽·波拿巴 [①]（《爱伦·坡》第二卷"母亲—风景的循环"）曾如是论述。而这两部作品却是

[①] 玛丽·波拿巴（Marie Bonaparte，1882—1962），法国精神分析学者、作家。

例外，虽是圆环却是倒置的漩涡，呈漏斗状被吸入中心。这是恐惧与激烈的环形运动。在此是否依旧可能嵌入时钟的意象呢？

于我而言，与其执着于环形运动，通过其与时钟的关联，捕捉坡独特的死亡观念更为行之有效。在这里再次忆起玛丽·波拿巴的话，"坡的风景都如死亡般静谧"。生命若与时间类似，那么死亡，便与风景即空间类似。因此，将时间以空间方式呈现（如时钟那般），与通过死来表现生类似。坡的恋尸癖或许与他对空间的偏爱，或者说与对时钟的嗜好趋同。无妨看作是同一原理的两种不同的发现。所谓时钟，不正是时间的恋尸癖吗？对坡来说，完美的时间呈现近似于时钟这一物体，完美的生也无限地趋近于死。——难得发现了时钟的主题，韦伯却未能将自己的逻辑发展推演，在我看来着实遗憾。

以《椭圆形的画像》为例。这部奇妙的短篇小说中，画家在画布上用画笔涂抹的颜色，就取自作为模特的画家妻子的脸颊。画布吸取面颊的颜色，现实中的妻子日渐衰弱。最后当画作完成，栩栩如生的女人姿态跃然于画布上时，妻子已经死去。无论是在真实的人生中还是在作品的世界里，坡的恋爱，若非所爱的女人病弱衰败，最后交付死神的手上便不能完成。正如玛丽·波拿巴周密的论证，唯有爱上的女人（就像亡母伊丽莎白一样）死去，坡的苦恼方能得到纾解，女人死去时，他才从乱伦的苛责中解放。如《椭圆形的画像》般从生移向死，心爱的女人的肖像画才得以最终完成。现实中的女人死去，肖像得以生出。若是如此，与从生到死相似，存在由死到生的矢量也并非不可思议。可以说，《椭圆形的画像》用压缩的形式，容纳了坡作品中频繁出现的死去女性转生的主题。

迄今为止尚有生气的现实中的女人死去了，一直以来处于死亡状态的画像中的女人复生。肖像画中的女人，在某些情况下也可能就是从茔地中复活的女人。一出两个女人交替生死的时间的戏剧。这便是坡的死美人主题小说的构造，也不妨说是钟表指针运动的意义。自然，这两位女人，最终会归结于同一个贯穿过去—现在—未来的女人的形象。是无限循环往复的死与再生。

椭圆形的空间是死的世界，画家通过将女人嵌入其中，保护她免受生的时间的无常。是要消去时间，永葆青春的光芒。就像在时钟的箱子里封存时间，令它们不得不陷入永远的循环运动。就像通过单调的永恒重复，忘却时间的苦恼。如此看来，椭圆形的画像，不正是时钟的表盘吗？对让-保罗·韦伯先生的见解提出异议实在惭愧，但我不禁认为，比起莫斯肯漩涡，包含了死生悖论的肖像画的椭圆形，在本质上更与时钟的表盘相似。

接下来便要聚焦于我在文章开头处写的，从树枝上垂下的金甲虫，即韦伯所说的时钟的摆锤这一主题。

韦伯援用《跳蛙》结尾中在枝形吊灯铁链上悬挂的红毛猩猩（实为国王与他的阁僚们）的事例，来引证时钟摆锤的主题，但事实上我对此毫无兴致。毋宁将这一主题，换成加斯东·巴什拉在《天空与梦》中巧妙论述的，关于上升与下降的想象力问题更好理解。金甲虫原本有鞘翅，可以飞翔，而在坡的小说中却如金属般沉重，呈现出鲜明的下落特质，宛如15世纪德国机械学者雷吉奥蒙塔努斯（Regiomontanus）发明的，内藏机械装置的金属质甲虫。若以时钟为题，这只甲虫本身大概就是一个小型时钟。

不过，是时候该离开韦伯与时钟了。下文中我将换个角度，从截然不同的出发点，来探讨坡的金甲虫所象征的上升与下降，或者说是飞翔与下落的心理学。

*　　　　*　　　　*

希腊神话中，出生于雅典的天才工匠代达洛斯，因惹怒了米诺斯王，与儿子伊卡洛斯一道，被幽禁在自己建造的克里特岛的迷宫内。他以岛内的羽毛和蜜蜡为材料，暗地里为自己和儿子制作了人工羽翼，系在臂膀处，张开羽翼逃离了迷宫。但在飞行中，伊卡洛斯忘记了父亲的训诫，飞得太高，太阳的热度融化了固定羽翼的蜜蜡，结果伊卡洛斯坠入海中溺死——这许是无人不晓的逸事。

同样的逸事，在日耳曼民族间广泛流传的《狄奥多里克萨迦》（Þiðriks Saga）中有关铁匠维兰德的传说里，也可窥见一二。维兰德在小人族米梅处拜师学习冶炼，学成后侍奉日德兰王尼登，国王为让他的技术为己所用，切断了维兰德的跟腱，使他的腿部萎缩，以服冶炼劳役。一心复仇的维兰德，要来了名射手弟弟埃伊尔猎获的鸟，制作出脱逃时使用的飞行翼。对国王一族复仇后，他将飞行翼穿在身上，从王城最高的塔楼处向着天空飞翔。

我从南方熊楠的短文《飞机的创制》中读到印度也有类似传说。在义净 ① 翻译的《根本说一切有部毗奈耶破僧事》卷十中有如下逸事。从前有位能工巧匠，得一子名为巧容，不久后辞世。巧容去往其他村落，拜师学习机关技术。他去其他村落谈亲时，一位长者说："我把女儿许配给你，只是务必在某某日前来相迎。逾期不候。"巧容回到村落后向师傅汇报，师傅说："不可逾期，我和你一道去。"就这样他们乘上木制的孔雀，在空中飞行，到达村落后，迎上长者的女儿，三人一同乘上孔雀回返。师傅告诉巧容的母亲："你必须把这个机关物件藏起来，儿子央求也绝不可以给他。他的技术尚未成熟，擅自搭乘会遭遇灾难。"虽被如此嘱托，其后儿子屡屡索要木制孔雀，母亲心软，最终将机关交与儿子。儿子乘上孔雀，得意地在天空翱翔，却不知转换方向的技术。就这样飞到海上，遭遇大雨，机关的绳索腐朽断裂，最终坠海身亡。

我思忖着日本是否也有与代达洛斯类似的民间故事，刚好听闻绵谷雪的《术》一书，连忙翻开收录于《续群书类从》的《月刈藻集》中卷。《月刈藻集》推测成书于庆长

---

① 义净（635—713），中国唐代译经僧人、旅行家。

至宽永年间①，是以和歌为主的三卷本逸话集。

天智天皇时代，河内国有一工匠名为春日政澄，为磨砺技术去中国留学，他手艺纯熟，中国的皇帝不愿他回日本，赐予他妻子，为他置办家宅，在宅院周围修筑高墙，不让他出门半步。政澄也起了个中国名字叫稽文，度过了空虚的岁月。某天他对妻子倾诉："我将母亲留在了故国。因惦念年迈母亲的身体，每天郁郁寡欢。无论如何都想回去，却无法走出家门。"妻子安慰他："有朝一日定会有机会。再耐心等等。"其后，稽将自己关在寝屋里，翌月造出了巨大的木制鸟。他以献给皇帝为借口，却在最终完工时，将鸟拖到庭中，坦白"实为归返日本"，与恸哭的妻子道别后，就乘鸟飞上空中。

那时在妻子腹中的孩子，成人后取名为稽主勋，他钻研父亲留下的技术书，被誉为名匠。不久因仰慕父亲，从中国远渡日本。此外，稽主勋在神龟六年②时建造了著名的长谷寺本尊十一面观音像，与兄长稽文会一同成为造佛师，大为活跃。虽无确证，但他似乎成了传说中的人物。

令我感到有趣的是，在世界各地的代达洛斯神话中，可以即刻察觉到几个鲜明的共通之处。主人公都是名匠这点不待言，又皆因其技艺受到权力者的渴慕，均有被囚禁幽闭的悲惨经历。这是第一个共通点。联想到冶炼之神赫

① 1596—1645年。
② 729年。

淮斯托斯跛脚，因天才技艺而被代达洛斯嫉妒的塔罗斯弱点在踵，日耳曼神话中维兰德也腿部萎缩，如此一致大概并非出自偶然。此外，父子或兄弟的组合也引人瞩目。故事模型多是父亲功成名就，而稚拙的儿子却遭遇残酷的挫折，这也是此类故事的共通之处。事先说明，我留心不去深入民俗学与神话学，不过是在细数故事表面上的类似之处。

据《希腊神话的象征》的作者保罗·迪尔（Paul Diel）所言，代达洛斯虽是知性的象征，却与同样是知性象征的奥林波斯神赫尔墨斯的神格相左，呈现的是邪恶的知性。代达洛斯不仅是用鸟羽和蜜蜡制造羽翼的发明家，也是举世闻名的迷宫建筑家。然而，代达洛斯在他建造的迷宫里，犯下了将自己禁闭其中的致命性失误。为世人认可的技术，却成为致命的所在，他不得不在自己建造的迷宫内逡巡徘徊。因此，据迪尔所言，迷宫是无意识的象征，代达洛斯的知性虽是知性，却缺乏知性固有的明晰特质，是容易向妄想倾斜的盲目的知性、邪恶的知性。

为了逃出无意识的迷宫，代达洛斯发明了人工羽翼，这羽翼却因是邪恶知性的发明，如同早已预告了终将到来的破灭，不过是由不完美的材料制成的不完美的机关。与天使及珀伽索斯的羽翼不同，羽毛和蜜蜡制成的羽翼不如说与恶魔和蝙蝠的羽翼相似。即便如此，代达洛斯因多年的积累而技艺娴熟，得以熬过危机，而对年少尚无经验的伊卡洛斯而言，情况就截然不同。他用不完美的羽翼靠近太阳，忘乎所以地想一举临近崇高的精神领域，却失去平衡，在瞬间坠落，再次被无意识的海吞没。

　　代达洛斯若展现了邪恶知性抵达极致的成功姿态，那么伊卡洛斯便是残酷的失败之姿。邪恶的知性，亦可换言之为反自然的冲动，或人工意志。脱离大地飞向虚空的志向，这本身不正是反自然的吗？在传说中代达洛斯也是 xoanon，即古希腊最初的木雕神像的创始者。我在这里不能不留意他与皮格马利翁的亲缘性。众所周知，皮格马利翁因厌恶塞浦路斯岛上的普罗珀艾提德（因阿佛洛狄忒的愤怒，终日为情欲煎熬折磨的淫妇们），过着远离肉身女人的生活，却在不知不觉间爱上了自己用象牙制造的女人雕像。因其反自然的冲动，雕塑家成为与代达洛斯完全对应的人物。不同之处在于，前者附有色情的要素。不，或许在此需要强调的是，技术与色情原本就因旨在反自然而近似。

　　如同代达洛斯将自己囚禁在自己建造的迷宫里，皮格马利翁也爱上了自己创造的人工美女，为之意乱情迷。他们漠然地委身于反自然的冲动，无论是工程技术者还是探求色情者，无一例外均遭受到来自自然的残酷复仇。通过此类见地重新审视代达洛斯神话，凭借人工之翼飞翔，却因过于靠近太阳而坠落的伊卡洛斯的逸事，便令人想起梦的愿望满足机制，倏忽间流露出色情的意味。"如梦一般的飞翔是虚荣心的表现，"迪尔说，"通过飞翔得到满足的神经症患者，象征着发挥出超越实力之力的现实欲望。"

　　换用象征性的表述来说，便是"在现实中无法飞翔的人在梦中飞翔"，也正意味着铁匠维兰德的肉体缺陷，即腿部萎缩。将工程技术者的腿部萎缩置换到情色域领，便是性无能。

＊　　　　　　　　＊　　　　　　　　＊

我想，爱伦·坡与代达洛斯间有几分相似。不仅因为他用知性构建文学作品与诗，与希腊语的 poiēsis① 这一词语相衬，是与生俱来兼具工匠素质的人，也因为他被囚禁于亲自建造的、如迷宫般独立完整的自我意识之密室中，不得不因此承受苦痛。

我觉得，爱伦·坡与伊卡洛斯也有几分相似。如保罗·迪尔所述，"最为才能所眷顾的艺术创造者，是内部被飞翔与坠落的频繁交替所撕裂的人类"。向着天上的美的世界上升，向着地下的死的世界下降，对坡而言，在现实中，悲惨的挫折者的命运如影随形，却无法放弃挣脱之梦，令人想起伊卡洛斯对太阳的渴望。在现实中虽是无法飞翔之身，他却时常让我们清晰分明地看见，通过人工之翼飞翔的姿态。

我还不禁认为，爱伦·坡也像皮格马利翁。不仅是因为，相传他的母亲伊丽莎白与妻子弗吉尼亚在肖像画中的容颜都恍若人偶，也因为，他所偏爱的对美女肌肤的形容——"如大理石般"、"如象牙般"——均令人联想到雕像。

① 意为制作与诗作。柏拉图在《飨宴》中将 poiēsis 定义为"从无形的事物中生出有形事物的一切原因"。

其作品中的美女们，都像某种血液无法流通的幽灵般的存在，而他似乎也如同《椭圆形的画像》中的画家，从自我意识的密室里使她们获得生命。

最终，我与预期相反，对金甲虫只字未提就结束了文章。但我想这样也无妨。对我而言，金甲虫就如同迄今我所谈论的那样，不过是呈现坡的整体的一个象征。

环形的枯渴

西摩格（Simurgh）是波斯传说中的灵鸟。它被视作百鸟之王，在波斯的民族叙事诗、菲尔多西的《列王纪》中，是在巢中养育英雄鲁斯塔姆之父扎尔的鸟。当下我们只需想象凤凰的姿态即可。伯顿①在他穷尽旁征博引的《一千零一夜》注释里，时常将鹏鸟（rokh，如各位所知，那是经由马可·波罗传播给西欧的传说巨鸟）与西摩格当作同类比较，这并非无稽之谈，它们似乎原本便是拥有相同起源的鸟。而如今回想起来，西摩格最初引起我的注意，是在比伯顿更早之前，我想或许是在读福楼拜的《圣安东尼的诱惑》时。

若伯顿版《一千零一夜》的注释是东洋情色与珍奇习俗的宝库，那么，福楼拜的《圣安东尼的诱惑》则算得上

---

① 理查德·弗朗西斯·伯顿（Richard Francis Burton，1821—1890），英国探险家、人类学者、作家、语言学者、外交官。因翻译《一千零一夜》而闻名。

古代东方学的诸神与怪兽的百科辞典。瓦莱里在《文集》一文中指出，福楼拜《圣安东尼的诱惑》的构想，或直接源自作者在年少时耽读的歌德《浮士德》，这一论点可谓眼光敏锐，二者均展现了近代西欧文学史中若隐若现的百科全书式怪物文学的顶点，对于像我这种爱好此道的人而言，它们都是常备案头的主要参考书。

对此姑且不论，福楼拜在《圣安东尼的诱惑》中，将西摩格唤作西摩格·安卡，认为此鸟就是听使于示巴女王的鸟，即她的象征（attribute）。据科兰·德普朗西（Collin de Plancy）的《地狱辞典》（*Dictionnaire Infernal*）所述，安卡（Anka）是起源于阿拉伯的灵鸟，几乎与波斯的西摩格对应，因此将二者合并为一种鸟倒也无妨。然而，正如内瓦尔的《破晓女王与圣灵王所罗门的故事》所示，示巴女王的象征无疑是戴胜鸟，只有这一点，即便是福楼拜这样热心博览资料的完美主义者，也不慎出了纰漏。他将戴胜与西摩格混为一谈。戴胜是真实存在的鸟（在日文中唤作"八头"），绝无福楼拜描绘的奇怪身姿。

闲谈一句，若在日本想了解戴胜的形态，仔细端详正仓院声名远扬的宝物红牙拨镂尺便可知。在这只象牙尺里侧用细线镂刻的动物纹样中，三只头部生有羽冠，以喙部细长为特征的鸟的身姿清晰可见。这则细微却明晰的事例显示，奈良时代的文化与波斯直接关联。

对我而言最有趣的是，西摩格竟成为与伊斯兰神秘主义紧密相连的一个象征意象。以下将对此稍作叙述。

倘若是喜欢阅读博尔赫斯的文学爱好者，一定会记得他时常援引的 13 世纪波斯诗人——法里德·丁·阿塔尔（Farīd al-Dīn ʿAṭṭār）的名字。这位神秘主义诗人的作品中，有一部由约四千六百句诗句构成的长篇比喻诗《百鸟朝凤》（Mantig al-Tayr）。诗篇将苏菲派的神秘主义者们比作鸟，象征性地描绘了他们历经千辛万苦，终于进入与神合一的境地，即无我寂灭（Fana）的过程。在这部作品中，西摩格成为神的象征，一众鸟儿为寻找它而踏上旅途。博尔赫斯巧妙地概述了阿塔尔笔下美丽的探索故事，我将据此做出介绍。

居住在遥远国度的鸟王西摩格，将它的一根绚烂的羽毛遗落在中国中央。寻得羽毛的鸟儿们，厌倦了它们自身的无序，一众决定当即去寻找鸟王。它们知道王的名字意为"三十只鸟"，王的宫殿位于环绕着大地的卡兹山脉（高加索山脉）。旅程刚开始时，也有战战兢兢的鸟。夜莺、鹦鹉、鹧鸪、苍鹭与猫头鹰都纷纷寻找借口，推辞向导的重任（博尔赫斯虽没有记述，但这时戴胜挺身而出成为领头鸟，肩负起引领其他鸟儿的责任。福楼拜或许正是在此处混淆了戴胜与西摩格）。

于是群鸟踏上了危机四伏的冒险之旅。它们需要飞越七个峡谷，或七片海洋。最后的那片海名曰"寂灭"。参与朝圣的鸟儿中有许多在旅途中掉队，陆续出现死者。最终幸存的三十只，在艰难的苦行中得到净化，终于抵达西摩格所在的山顶。天顶的太阳倾泻而下的光线仿佛要将它们点燃，在光的反射里，它们终于见到了西摩格。令人震惊的是，那正是它们自己的身影。自己就是"三十只鸟"，即西摩格，对方也是西摩格。前后左右，目之所及尽是西摩格，它们自身的存在如影子般消失，永远与灵鸟合为一体……

Simurgh 在波斯语中意为"三十只鸟"，概是因此衍生的一种语言游戏。或许可以说，为寻求某个超越性的目的而出发的鸟群，在漫长旅途的尽头，最终回归了它们自身。探索神的旅途，同时亦是探索隐秘自我的旅途。直白地讲是主体与客体的一致，光与影的融合，却不止乎此。对于苏菲主义独特的爱的观念，亨利·科尔班（Henry Corbin）曾说："神性的爱，不是对神性客体的爱的转移，而是人类之爱的主体性变形。"（《伊斯兰哲学史》）阿塔尔的群鸟完成了主体的变形，可以说实现了爱、爱人者和被爱对象的三位一体。

我将从安萨里（Al-Ghazali）的《对爱忠实者们的直觉》（*Sawanih al-'Ushshaq*）中援引一则关于美丽的火焰与蝴蝶的比喻，作为与波斯神秘主义诗人相似的有趣比喻的例子。

蝴蝶成为火焰的恋人，只要远离它，便可以将那如破晓曙光般的光芒作为养分。那是召唤与迎接蝴蝶的黎明之光的预兆。而蝴蝶，却不得不继续朝着火焰的根源飞去。当蝴蝶抵达时，不再是蝴蝶向着火焰前行，而是火焰进入了蝴蝶的内部。火焰不再是蝴蝶的养分，而是蝴蝶成了火焰的养分。蝴蝶在倏忽间成为它自己所爱的对象，因为它已然是火焰本身。就这样，它实现了自我的完成……

无须多言，被火焰灼烧的蝴蝶所表现的，正是迈入寂灭，与神合一，抵达自我寂灭境地的人类形象。这亦与三十只鸟发现了西摩格、化为西摩格本身的过程类似。

若作为修辞问题来省察，我们当即便能引出博尔赫斯嗜好的同一性原理。在《关于惠特曼的一条注解》一文中，博尔赫斯注意到爱默生的诗篇《梵天》（"Brahma"）中的诗句"我在飞时，我即羽翼"。运用逻辑思考，在此情境下，我用我的翅膀飞行，翅膀于我而言不过是对象。这就如同蝴蝶与火焰间总有距离。而在诗篇的修辞中，在飞翔这一行为中，我与翅膀间的距离消弭了，主体与对象合一，一举实现了飞翔、我与翅膀之间的三位一体。这完全可以类推为蝴蝶与火焰，或者三十只鸟与西摩格的关系。因此，我们得以将爱默生的诗句换一种说法，改写为"我在爱时，我即是你"。

修辞的游戏暂且放在一边，再次回到西摩格的故事，也就是三十只鸟周游的故事。我与博尔赫斯之所以都欲罢不能地被这则故事吸引，首先是因为它呈现出环形的构造，这点毋庸置疑。我在此前涉及的主体与客体的合一，或同一性的原理，究其根本，都不过是环形构造的一个变体。

我忆起13世纪的神秘主义诗人贾拉勒丁·鲁米（Jalal al-Din al-Rumi）组织的苏菲派的一支，梅夫拉维教团中举行的修道者（darvish）们的旋转舞蹈。他们为抵达无我的状态，借助狂热轮舞的手段，长久地旋转起舞，直到失去意识倒下为止。他们也是三十只鸟。排斥偶像崇拜的伊斯兰教徒们，一方面创造出阿拉伯风格纹样，即波德莱尔所谓"最具观念性的"装饰纹样，另一方面还创造出探寻神明的旋转舞姿。二者都是无限回归的环形构造。二者在我看来有着密切的关系，事实又如何呢？

在13世纪伊始便完成了苏菲主义的体系，因其散发的异常的精神能量，而令少年时代的科尔多瓦大哲学家阿威罗伊（Averroe）为之折服的伊本·阿拉比（Ibn 'Arabī）曾说："所有原因都是其结果之结果。"虽然像逻辑的杂耍，但对迄今为止从各种角度探讨了西摩格故事的我们而言，这句话的含义不难理解。它所道出的，无非是所有的创造者都是其他创造者的被创造物，即便是第一原因，也无法逃出无限回归的法则。简短的言语里，浓缩了上述的内容。

为了理解伊本·阿拉比所谓的"结果之结果"，博尔赫斯的小说《环形废墟》无疑是绝佳的例子。小说的主人公如同苏菲派的苦行僧，而意志高度集中于做梦的结果是，仅凭着自己的梦之力，他将另一个人的存在导入了这个世界。他热衷于制造幻影亚当这一神的工作。而他在故事的结尾，察觉到自己也不过是他人梦中的一个幻影。本以为自己是原因，最终只不过是一个结果。圆环就此闭合。

或许，在为数众多的科幻小说作品中，可以轻松联想起环形构造的模型，而对这一方面不甚了解的我，在当下却无法想出例子。遗憾的是，在我日渐稀薄的记忆里，只能浮现出谈论了恶魔与人类间支配关系悖论的，亚瑟·克拉克（Arthur Clarke）的古旧小说《童年的终结》（*Childhood's End*）。

*　　　　　　　*　　　　　　　*

有一部作品在我的记忆里留下了难以磨灭的印象，它虽与波斯神秘主义和博尔赫斯的形而上学都大相径庭，但作为以时间的回归性或环形构造为主题的小说仍值得珍重，那就是中岛敦的短篇小说《木乃伊》。

即便是我，也不会强行将中岛敦列入从普罗提诺到尼采的西欧拥有环形志趣的哲学家及文人的谱系中，我并非在思考如此愚钝的事。作品主要取材自中国古典的中岛敦，他的创作态度，简单来讲就是对活在命运之中的人的观照。而他在寓言的框架内捕捉到的命运，往往勾勒出环形的轨迹，我想这是不容置喙的事实。

或许，寓意虽一般缺乏明确的形态，却在寻觅着某种几何学的形象。原本，寓意之所以成为寓意，其前提是在同一言语群中至少存在两种不同的含义，在其中一种意义通过另外一种意义得以表象时，就如同水印一样，不是无论如何也会呈现出抽象的形状吗？

似乎结合作品探讨更为妥当。《木乃伊》的主人公是波斯军麾下的将领巴利斯卡斯，他追击溃退的埃及军，直入埃及的首都孟菲斯。他平生从未踏足埃及，却对所见所闻的一切都怀有熟悉的感情，对此感到无可名状的不安。在探访塞易斯市近郊的地下墓室时，他的不安终于爆发了。他发现眼前的木乃伊，正是寄宿着他的灵魂的前世肉体，遥远的前世回忆一举涌上心头。探索自己的记忆时，他遇到如下一幕令人畏惧的场景。

前世的自己，在某间晦暗的小屋里，与一具木乃伊迎面站立。战栗着，前世的自己确认，面前的木乃伊正是前前世的自己的身体。在与如今相同的晦暗、阴冷和尘埃的气味里，前世的自己忽然忆起前前世的自己的生活……

事已至此，便不得不在前世的记忆里，目睹前前前世的自己的身影。作者写道："如同两面镜子相对而立，在内部无限堆叠的不祥记忆的连续，不正无限——令人目眩地——持续着吗？"

与博尔赫斯的《环形废墟》的主人公相仿，波斯将领巴利斯卡斯也在梦境中遭遇了自身存在的原因，并察觉到"所有原因，都不过是自身的结果之结果"。原因与结果如同镜像，向着无限的过去无限地连续。不，毋宁说《木乃伊》的主人公的境遇，或许就如同阿塔尔笔下那三十只踏上了自我探索之旅的鸟儿。向着遥远的过去踏上探索之旅的巴利斯卡斯，如同西摩格，亦如同俄狄浦斯，不得不直面关于自己的谜团被徐徐抽丝剥茧的过程。话题虽有些脱离正轨，但俄狄浦斯和西摩格都通过某种言语游戏，捕捉到回归自身的头绪，这或许可以想作二者奇妙的共通之处。

众所周知，俄狄浦斯意为"肿胀的脚"，俄狄浦斯通过知晓自己作为弃婴的前史，即自己脚肿的原因，第一次理解到自己除了是俄狄浦斯之外谁也不是。正如三十只鸟察觉到自己是"三十只鸟"，才理解到自己就是西摩格。或许诗人或悲剧作者原本就偏爱在因果关系的领域投射环形时间，创造出回归的形式。倘若它的作用是从命运中解放，那么亚里士多德所讲的净化，不正是环形之枯渴的别名？至少在精神医学的领域里，再次面对被压抑在无意识底层的经历，以及曾经带来创伤（trauma）的经历，并将其在明朗的光亮中解放的过程被称为净化。无须多言，环形的枯渴是《查拉图斯特拉如是说》中尼采使用的词句。

闲话休题。至于在中岛敦留下的数篇寓言小说中，命运描摹出了怎样的轨迹，我将逐一进行考察。

《牛人》中，鲁国的叔孙豹年少时，一时兴起与美人同眠，生下如牛般容貌丑怪的私生子，他中了这个私生子的奸计，接连失去了两位嫡出的儿子，自己也因这个牛人而被残酷地饿死。而在小说中，最初与最后的噩梦场景呈现相似的形态，主人公在最初的梦里便知晓从未相遇的牛人。命运往往事先呈现出预兆之形，在它后来实现时，与过去的预兆对照，在一种应合（correspondance）下往往理所当然地孕育出与照应等价的体系。《牛人》的梦不妨说是照应之梦。

在中岛敦的寓言短篇里，被置于照应与等价的体系下，受小说技巧扶持的作品，竟出乎意外的多。这虽不是环形构造本身，至少一定是变奏之一。也就是说，这无非是一种回归的形式。比如《盈虚》也是此类作品的一种，小说的结尾带给读者与《牛人》极相似的感受。

就连那部评价很高的名作《弟子》，似乎也因作者在终章滴水不漏地配置照应的效果，作品的品质一举提升。率直的子路是孔子的弟子，虽经常无法理解夫子的教诲而感到不满，却被夫子强大的人格魅力吸引，一心一意、忠贞不二地跟着夫子踏上了漫漫周游路。与其他类似的作品相比虽篇幅较长，但全篇中竟无缺乏紧张感的部分，倒富于变化之妙。最后子路应了孔子的预言"不得其死然"，生来率直的性格为他招致嗟怨，他被卷入任地的政变，行动失败后被众人包围残杀。"全身剁碎如脍，子路死矣。"作者这样写道。但到此并未结束，作者在最后，添上远在鲁国听闻子路死去时孔子的反应。

老圣人驻足暝目，终于潸然泪下。得知子路醢尸而亡，命人悉数处置家中的盐渍肉酱，而后，肉酱再没出现在餐桌上。

虽不至为象征，但在此处子路被剁碎的尸首与餐桌上的盐渍肉酱，作为大小两个强烈的意象，如镜像般明晰地彼此照应，为整部小说染上了悲壮的色彩。至少，由于照应意象的提示，作品的潜藏势力得以翻涌，喷出表面。况且，那个意象还是残酷而客观的人类肉身的形象。前文言及命运的预兆，而《弟子》中的应合却与之相反，或许应该讲是已经完成的命运与命运荡起的余波间的应合。高桥英夫写道："若只将终章当作终章来阅读，便无法参透作品的本质。"（《命运与人》）所言甚是。

我在前文中写到《牛人》与《盈虚》的结尾相似，而在主题上相似的则应是《文字祸》与《狐凭》。二者均讲述了男子被反自然事物——诗与文字等有灵之物附体，沉浸其中，最终受到灵物的诅咒死去或遭戕害的故事。

《文字祸》的主人公是一个古亚述老博士，他在尼尼微的图书馆中读破万卷书，只一味地追逐文字，不觉间文字"解体，看上去不过是没有意义的一条条线的交错"。老博士称历史是软陶泥板，没有记录在软陶泥板上的事件便不存在，他还说，"古代苏美尔人不知道马这一兽类，是因为他们没有'马'这一文字"，令人不禁想起博尔赫斯小说中登场的戏剧性人物。最后他被文字的灵诅咒，大地震时被压在崩塌掉落的数百枚软陶泥板下死去。这部小说里没有出现回归的主题，却涉及文字所体现的二重性，以及观念与现实的乖离，呈现出以寓意为主题的寓意小说之意趣。

虽是有几分奇妙的模式，但《名人传》的构造依旧成立于照应或等价的体系。不，在虚实交替这一意义上，它或许是《文字祸》的衍生作品。

住在赵都邯郸的纪昌，立志成为天下第一神射手，首先拜入飞卫门下修行，不久后成为与师长匹敌的射手。某日，他心生非分之念，决意铲除老师，二人引弓决斗，不分胜负。他遵循老师的指示，去寻找居住在西方山巅的甘蝇老师，拜入其门下，在这期间纪昌习得"不射之射"，意即不用张弓便能射箭。九年来，他在这位老师处修行，待下山归来时，纪昌的面容已然大变。他已不再执弓，成了不执弓的神射手。去世前，在故知的宅子里他看到一件器物。那器物他隐约有印象，却无论如何也记不起名字和用途。老人询问主人，主人只当这是客人的戏言……

那不知做何用的器物自然是弓。对穷尽弓道的纪昌而言，弓已不再是一个具备形象、名称和用途的实体。如同光与影的推移，实像与虚像间发生了置换。或许弓作为弓的一切内容都已被纪昌吸收，化作了虚空的形骸。因此可以认为，真正的弓，已经进入了纪昌的观念世界。虚弓与实弓——如此看来，这里也有鲜明的照应或等价。如同镜像，虚实照应的意象清晰浮现。

或许我会受到非难说，以用简洁文体只讲述事实为夙愿的中岛敦的世界，却被我刻意扭曲成具有几何学形象的迷宫世界。为自己辩白虽显愚蠢，但我无意扭曲是非。这里虽有环形构造，却毫无迷宫的错综复杂。回归与照应的构造时隐时现，一方面是作者有意创造出来的小说技巧，但将其归为喜爱对称的作者与生俱来的审美家气质更为妥帖。

据《狼疾记》中的记述，中岛敦似乎对卡夫卡怀有兴趣。不难想象，虽看似有寓意，实际上却彻底将其虚无化的卡夫卡的小说世界，令中岛敦感到不可思议的魅惑。

　　每当思考故事中的环形构造，我脑海里时常浮现的是另一则令人愉悦的作品。那是我十分喜爱的作品。

　　它与我迄今为止论述的诗和小说迥然不同，从体裁上来讲称其为"conte"[①]更为合适。作者是19世纪末以巴黎的文艺酒馆为据点，只在周刊杂志《黑猫》（*Chat noir*）上刊登作品的小故事作家阿方斯·阿莱[②]，他的首部作品集《笑破肚皮》中有一篇名为《寻常手段》的小故事。阿莱的作品似乎在最近得以复活，我想它在阿莱的作品中亦是秀逸之作。在此简单介绍一下它的梗概。

　　大人被孩子强迫着讲故事。是这样的故事——

　　从前，在某个地方住着一个叔叔和他的外甥。叔父腰缠万贯，无论是宅邸别墅，还是车马小舟都不计其数。然而他却是位惊人吝啬的老人，不愿分给他唯一的财产继承人——年少的外甥任何财产。外甥心生一计。叔叔是中风体质，饭后素来面色通红，如海豹般气喘吁吁。为叔叔讲一个好笑又奇怪的故事，让他笑破肚皮。这样一来，血气涌上头，叔叔就会猝然死去。外甥左思右想，某日寻得机会，在饭后面色通红的叔叔面前，讲了一件奇事。叔叔大

---

①　法语，意为小故事、短剧、无稽之谈。

②　阿方斯·阿莱（Alphonse Allais，1854—1905），法国作家，作品曾被安德烈·布勒东收入《黑色幽默选集》。涩泽曾译过多篇阿莱的短篇故事。

笑不止，在故事结束前就去世了……

"那外甥究竟讲了什么故事?"孩子问道。

"嗯。就是现在我给你讲的，叔叔和外甥的故事。"大人答道。……

这则充斥着黑色幽默的小故事的构造，比起环形似乎更接近套盒。在《叔叔与外甥》的故事中出现的外甥，在故事里讲述了《叔叔与外甥》的故事。在《叔叔与外甥》的故事里，外甥依旧在讲述着《叔叔与外甥》的故事。

从外部客观地描述套盒形象，这样的例子在文学作品中数不胜数，我曾在文章《胡桃中的世界》里介绍了几则事例。而如阿莱的作品般，作品的构造本身化作拓扑学的套盒，这样的事例我想或许空前绝后。这样的构造在现实中是否可能成立? 在我单纯的头脑里无法追究到最后。或许这个构造就如同荷兰画家 M. C. 埃舍尔（Maurits Cornelis Escher）的画，可以对其进行观念性的思考，却无法在现实中成立。

然而，若谈及在这则小故事中，叔叔去世的原因是《叔叔与外甥》的故事，事情就变得有些复杂，让我再次想起伊本·阿拉比关于"结果之结果"的论说。它是套盒结构，与此同时也似乎被因果的连环锁衔合。最终，或许就如同罗歇·凯卢瓦关于《环形废墟》的论述，"做梦的人在梦境里分泌了一整个宇宙"。它是在阿方斯·阿莱的头脑中分泌的一个故事，叔叔和外甥，都在阿方斯·阿莱的脑海里成为套盒。这样想着，我才终于想通。

爱的植物学

平安末年，即院政时代衰落期完成的《换身物语》，在我看来，或许是肩负日本文学史上首部色情作品（pornography）之誉的作品。需要事先声明，我在这里讲色情作品全无贬低的意味，属于苏珊·桑塔格（《激进意志的样式》）所划分的三种色情作品中的最后一类，即作为文学形式与科幻作品有几分类似的一种艺术样式。虽说如此，但若问我在日本文学史上，在《换身物语》以后，还有怎样的文学性色情作品出现，我苦于作答。到江户末期为止，存在着漫长的空白，在我想象之中，湮没的作品也不在少数，然而像我这样的外行人无从下手，只得仰仗学者的研究。

　　众所周知，《换身物语》有"古换身"与"今换身"两种，流传于世的现存本将已经散逸的"古换身"的"大为恐怖的样子"(《无名草子》①评语)进行了温和妥帖的改写，"极为优异"(同前)的便是"今换身"。散逸物语中横溢着强烈的猎奇趣味，在《无名草子》中登场的御子左家②沙龙的女人们，似乎对此避之不及，而对温和的"今换身"则更为宽容。但对我们来说，阅读改写后仍多少存留了怪奇面相的"今换身"时，不免好奇原作是如何的惊悚骇人，理所当然流露出对古老物语散失的惋惜。

"古换身"失落，"今换身"留存，这一历史的偶然，似乎在冷冷嘲笑着我们现代人常常挂在嘴边的"表达自由"这一狂妄的观念。自然，当时虽没有表达自由的观念，但从宏观角度来看，对色情作品中的表达自由进行规制，将作品永久地沉入黑暗中的，却不一定仅是权力——事实或许是在讽刺这一点。

关于"换身"，《无名草子》中有如下记述：

女中纳言实在了不得，结男髻竟产子，月事病而污秽。四女公子之母③中将出家，十分悲伤。在落雪的早晨披蓑衣。女中纳言死而复生，甚是可惧。

据此处的记述，在散失的"古换身"中，主人公女中

---

① 成书于镰仓时代初期，是女性书写关于物语及散文的最古老的评论书。
② 御子左家以藤原长家为始祖，从平安时代末期起因著名歌人藤原俊成父子出现，得以稳固歌道之家的地位。
③ 《无名草子》中关于四女公子母亲的内容疑有遗漏。参照《无名草子校注》(笠间书院，2009)。

纳言曾一度死去，又复活，富有怪奇趣味。从"今换身"的情节来想象，或许是她因产褥热而死，而实情我们无从知晓。既然不是秋成的《青头巾》，我想万万不会出现恋尸的描写，而正如苏珊·桑塔格所言，色情作品的想象力的尽头无外乎是死亡，那么便无法说此处的死亡是偶然。不如说，正因为这一死，作为色情作品的条件才趋于完备。无论如何，我们有依据认为"古换身"比我们现在能读到的"今换身"更迫近色情作品的本质。

现存《换身物语》的梗概，我以自己的方式大致概括如下。

不知是在何时，权大纳言兼大将有两位夫人，她们各生下一个孩子。男孩与女孩容貌酷似，少主如女子般内敛羞怯，总缩在殿内游戏，而公主却与之相反，喜爱在殿外与孩子们一起活泼地玩耍，在学问与游艺方面也崭露头角。父亲百般苦恼，在兄妹二人年满十岁后，偷偷替换他们的衣裳，从此唤少主作公主，唤公主为少主，想瞒过世人。于是男扮女装的少主作为尚侍①入宫，女扮男装的公主成为中纳言，甚至与右大臣的四女公子成婚。

中纳言（女）与四女公子的结婚生活实为女同志间的结合，自然是 mariage blanc——无性的婚姻。与此同时，尚侍虽身着女装却依旧是男儿身，在梨壶的春宫身旁近身侍奉时，不觉间与她发生肉体关系。另有好色的宰相中将

---

① 在内侍司内担任长官的女官官名。

强行介入以兄妹二人为中心的复杂的性关系，先是恋慕美丽的尚侍（男），接着与处女妻四女公子私通，还为威风凛凛的中纳言（女）所倾倒，抱着同性恋的兴趣接近她，在识破其女儿身后，立即与她私接。

我在这里写"同性恋"，是因为宰相中将深信中纳言（女）是男儿，知晓她是女性后，发生的便不过是普通的男女关系。尚侍（男）与春宫间的关系在表面上也是女同性恋，而实质上却与普通的男女关系并无不同。若说《换身物语》中没有描写真正的同性关系，那也并非如此，如在吉野滞留期间，中纳言（女）与从唐土归来的两位混血少女酬唱和歌，与她们同眠共衾。在深信对方是男子的两位姑娘看来，这无疑是正常的关系，而在故意积极地饰演男性的中纳言（女）看来，则显然是游戏般的女同性恋关系。

由交换衣裳产生的错觉，本以为是同性恋的却是异性恋，以为是异性恋的却是同性恋，作者似乎故意制造出让读者晕头转向的复杂反转关系，并以此为乐。尚侍（男）与中纳言（女）保持原有的地位互换身份，少主作为中纳言，公主作为尚侍重新出发（地位与性别一致），因而呈现出更为奇怪的事态。对二人的互换，周围的人丝毫没有察觉。少主利用丈夫的身份，趁机与四女公子发生肉体关系。在四女公子看来，自这段不自然的婚姻关系以来，迄今为止都没有如此行过床笫之事，反而羞怯难当，感到莫名其妙。对宰相而言，偷偷与自己同居还生下孩子的中纳言，突然变得像个男人，并开始躲避自己，他也感到讶异。

记述至此，听起来像是鬼使神差的滑稽闹剧，而如同中村真一郎（《王朝文学论》及其他）所指出的，覆盖了整个故事的，并非明快的氛围，反而与没落贵族阶级的末世思想相吻合，是"黯淡的厌世观与极度的感伤主义"。中村还将以对性爱多样性的分析作为唯一要点的《换身》世界，与法国18世纪的暗黑小说进行对比，这个观点对我而言也颇具诱惑。说到对性爱多样性的分析，我们会立即想起萨德的《索多玛一百二十天》，虽然《换身》的世界里一位意志上的放荡儿（libertin）也没有出现，但其中呈现的对人类情念的排列组合，以及对性爱可能性的目录式罗列，与萨德、拉克洛①及小克雷比永（Crébillon fils）的闭锁而静止的世界有着惊人的相似性。或许，在这个只有"朱斯蒂娜"②登场，所有的时间都在佛教的宿命观下运动的濒临崩溃的世界里，滋生出黯淡的厌世观与极度的感伤主义，也是一种必然吧。

作者将《换身》中兄妹的性倒错的原因，设定为天狗作祟，因此在天狗劫数已尽，作祟得以解除时，兄妹便各自回到原本的正常状态。即"前世龃龉应有偿，天狗使男作女，女作男"，另外"屡屡祈祷终灵验，峰回路转，男复为男，女复为女"。可谓奇妙的机械降神（deus ex machina）。大江匡房在《洛阳田乐记》中，对院政时代在

---

① 皮埃尔·肖代洛·德拉克洛（Pierre François Choderlos de Laclos，1741—1803），法国军官，小说《危险的关系》的作者。
② 萨德侯爵作品名。

京都内外一时风靡的田乐舞的狂态进行了汇报，认为"概灵狐所为"。天狗与狐类似，要言之，是形成衰世宿命观，也就是恶的缘由。

说起天狗，天狗从天竺、震旦前来日本，是迫害佛教、施展幻术的魔缘①，他的存在就如同《启示录》中，在千年至福的期限过后从地狱里被释放的撒旦。与此同时，据大江匡房的《狐媚记》所述，狐狸原本只存在于诸多汉土史籍中，而在王法佛法破灭时却化身为"如今我朝现此妖"的魔物。显然在末法思想的宿命观里，人们看到魔物跳梁跋扈。恶的形而上学由天狗与狐等继承。因此，小说的登场人物得以泰然自若地舍弃自我意志，沉溺于关乎性爱可能性的实验。

我不禁认为，如此由缺乏主体性的登场人物通过无限组合而生成的色情作品式的世界，似乎有什么地方与植物的性爱世界相通。一般而言，植物不凭自己的意志，而是以昆虫和风为媒介，重复着无限的乱交。若有人批评植物无道德，辩护者只需效仿大江匡房的口吻，说"概昆虫（或风）所为"即可。当然，这不过是句戏言。

《换身》中的兄妹，至少在小说世界里，均作为一种兼有男女两性的赫马佛洛狄忒斯发挥机能，而作为植物生殖器官的花无须赘述，也多为生有雄蕊和雌蕊的赫马佛洛狄忒斯。就像安藤昌益巧妙的形容，植物将头栽入大地，令

---

① 佛教用语，指阻碍学业与修行的恶魔，也特指山中的修道者妖怪天狗。

生殖器朝上露出，呈现与人类截然相反的直立状态。正所谓"树木主宰生命伊始，其形为头部着土，枝叶向天，其形倒立"（《统道真传》万国卷）。就凭近似植物这一点，便可以说同性恋比异性恋更为原始。普鲁斯特在花中寻觅到自身欲望的象征，我想大抵也与此不无关系。

据苏珊·桑塔格的说法，色情作品作为文学形式与科幻小说类似，而依我看来，不如说它们向着博物学与乌托邦两个方向分道扬镳，也无妨称之为收集现实与闭合世界的构成。试想象如风来山人平贺源内这等异色文学者。令人惊讶的是，他一人同时兼备博物学者（《物类品骘》）、乌托邦主义者（《风流志道轩传》），及色情文学者（《长枕褥合战》）三种身份。

《换身物语》中，不仅有男装女性或女装男性的露骨床戏，男装的中纳言（女）每月还会去乳母家数日，频频言及月经，性交时是否仍是处子之身的问题也多次被提起。如此偏执于收集现实的态度，比起小说家已更接近博物学者。或者说，更接近神话传说管理人。虽不是被广泛认可的观点，据某位学者的意见，迄今为止尚未明真身的《换身》的作者，也许就是大江匡房。难怪，就算此说是毫无根据的薄弱观点，对我们的内心也有很强的煽动力。倘若是那位堪称院政时代的魔王，《傀儡子记》《游女记》《江谈》的作者，他同时是色情作品的作者也并非不可思议之事。

*　　　　　　*　　　　　　*

普鲁斯特在《所多玛和蛾摩拉》的第一部中，将以贵族诗人罗贝尔·德·孟德斯鸠①为原型的、嗜好男色的夏吕斯老男爵和他年轻爱人絮比安的关系，与兰花和昆虫间的关系做了比较。自然，被爱的男子絮比安是兰花。这一卓绝的类比，令我立即想起乔治·巴塔耶的如下文字（《花语》，录于《文献》②）。

诚然，有些花的雄蕊极为发达，呈现出不容置喙的优美。然而以同样普通的感觉观察，也会体会到某种恶魔般的优美。比如某种闪耀夺目的兰花便是如此，我们在这种妖冶的植物身上，无法不感受到最为颓废的人类般的倒错。比起器官的污浊，花冠的脆弱更为这种花平添了一分羸弱之感。因此它不仅符合人类理想的要求，也成为这种要求幻灭的一种印记。

如同在兰花周围飞舞的牛虻，眺望着夏吕斯与絮比安一对的奇妙姿态，《追忆似水年华》的主人公才第一次意识到老男爵隐藏的真实身份。普鲁斯特属于将人类社会视为植物群（flora）的作家类型，这点虽已经由库尔提乌斯（《马塞尔·普鲁斯特》）指出而广为人知，但我仍想从《女

---

① 罗贝尔·德·孟德斯鸠（Robert de Montesquiou，1855—1921），法国象征派诗人、颓废派代表人物。
② 《文献》（Documents）为巴塔耶在早年时担任主编的杂志。从1929年起两年间共发行15卷。

囚》的第一章中摘出难忘的一节。

> 合上眼睛，意识朦胧之际，阿尔贝蒂娜一层又一层地蜕去了人类性格的外衣，这些性格，从我跟她认识之时起，便用来欺瞒我。她身上只剩下了植物的、树木的、无意识的生命。[1]

普鲁斯特似乎认为，我们的动物性中，纷繁复杂的情感汹涌翻卷，这些情感不一定直接导致爱欲的冲动，而如果我们将它们逐一剥离，最终存留下的将是最为原始的事物，那便是爱欲。普鲁斯特将其隐喻式地唤作植物的生命。依库尔提乌斯所言，植物的世界与"对生的被动姿态的象征"相吻合，植物界的生是"本能与不可动摇的法则性之王国"。那里缺乏决定人类本性的意志这一次元。如同在《换身物语》"黯淡的厌世观"的支撑下，如提线木偶般的登场人物一样。

事先声明，我决没有将普鲁斯特的文学视为色情作品。我不过是想说，欲将人类的生之运动通过植物的隐喻来解释，普鲁斯特身为作家的资质，在本质上包含着色情作品的趣向。是否符合植物性这一修饰语（épithète）虽尚且存疑，我想写就《危险的关系》的拉克洛、《卍》的谷崎润一郎，也同样是通过将人类的情感极端地抽象化，让登场人

---

[1] 译文参考周克希等译《追忆似水年华（第五卷）：女囚》（译林出版社，2012），略有修改。

物拥有近似植物的生命的作家。过筛似的逐一剥离人类的情感，简言之就是将人类抽象化。若不抽象至此等程度，在极端的情形下人类不免会奋勇前进直至崩溃，也就无法捕捉色情的运动。《卍》正证明了这一点，这个以四角恋与殉情为主题的小说，如阿拉伯花饰般抽象。

我想，最通俗的恋爱小说，不知疲倦地将男女三角关系反复作为主题，必有其理由。复杂的四角关系或五角关系，超乎我们的想象，只得无限地远离常识性心理学的世界。《卍》不过是在三角关系上添上一角成为四角关系，仅是如此便已临近乱交，各路登场人物如象棋棋子，如傀儡，被作者的手自由操纵，不过是被迫运动的抽象存在。不过是植物性的生命。倘若没有谷崎润一郎那样的小说技巧，只是将其进行目录式的罗列，不难想象，它将会沦为粗劣的色情作品。

*　　　　　*　　　　　*

18世纪瑞典博物学者卡尔·冯·林奈（Carl von Linné）堪称分类狂人，身为对18世纪科学的普遍趋势熟稔于心的人物，他比起动物更偏爱植物也是理所当然。植物虽和动物一样有生命，却扎根于土地，无法移动，内部也没有藏起感知苦痛与快乐的器官，也没有藏匿任何会使分类变得困难的秘密。借库尔提乌斯的话说，植物是"本能与不可动摇的法则性之王国"。其本能也与动物的情况大相径庭。动物至少以个体为单位行动，但植物的个体则十分暧昧。两只猫即便属于同一品种，也依旧具备各自的个体特征，绝不相同。瞳孔有金色与灰青色之分，毛色也有黑色与三花之分。但同一品种的两株香芹则完全相同，无从辨别。香芹之父与香芹之子，无论何处都浑然一致。

"古典主义时代的自然，"米歇尔·福柯（《词与物》）写道，"赋予植物的诸多价值以特权。即对版画式的思考而言，植物的所有形象从茎到种子，从根到果实逐一展开，其秘密已被毫无保留地揭穿，成为透明而纯粹的对象。"讲得真好，我不禁叹服于其修辞。

对分类狂而言，没有比此更为恰到好处的领域。植物的父与子完全同一，简单来说就是植物没有历史。各植物间可以互易。比起生命，植物更接近于记号，或几何学图形。如果植物去外国旅行，看到护照上的照片，海关人员定会困惑不已。说来植物的身份该如何鉴别呢？言归正传，植物世界的无历史性，不仅对博物学者而言是如此，对我们而言也明显地暗示了乌托邦世界的存在。事实上，乌托邦社会与植物界正如上文中的讨论，在诸多方面都有相似之处。包括其成员的雌雄同体，乃至性方面的乱交。

"所有种，最初只有经全能的造物主之手创造的祖先那么多"，林奈讲道。对于分类狂的乌托邦主义者而言，这是恰如其分的信念。或许称之为博物学上的柏拉图主义也未尝不可。对此，曾说"自然界中只有个体存在，属、纲、目不过存在于我们的想象中"的布丰（Comte de Buffon）

则为自然之多样、分类之困难而绝望，由此可见其现实主义者的面容。

即便是林奈，也并非对种的不变性毫无疑虑。土壤、气候、肥料和风等诸多原因引起植物的各种偶然变化，他将此命名为变异，却将其与本质事物严加区分。即为了确保体系的一贯性，他不得不将难以分类的事物一概丢进名为变异的范畴中，正如不喜欢世人视为正常的异性恋的人们，被19世纪的性病理学者贴上"倒错"的标签。不妨将此看作米歇尔·福柯在《疯癫与文明》中验证的，古典主义时代监禁设施的博物学版本。就这样，通过将畸形的植物和疯人囚禁于精神病院（即变异这一范畴）里，林奈分类学体系的一贯性得到了保障。如同被柏拉图的乌托邦驱逐的诗人，在林奈的植物学乌托邦内，畸形受到监禁。

对林奈而言，动物界的情况也如出一辙。据欧亨尼奥·道尔斯（Eugenio d'Ors）的《巴洛克论》所言，"轻微扰动了林奈一手制作的造物一览表和这位伟大分类学者的沉着冷静，从稳定和谐的分类框架中坚持出逃的动物，只有蝙蝠、鲸、鸭嘴兽等数种。作为对这些动物的惩罚，它们被关进了《自然的体系》这部对开本中，关进其幅面开阔的页下一角、某个由两条线包围的笼子里，笼上贴着有损名誉的标签，标记着 paradoxa（奇异的事物）"。归根结底，对林奈而言，动物界不过是植物界的延伸。

我之所以不厌其烦地再三论及林奈，是为了引出萨德。我心怀不轨地想将萨德与林奈进行比较。事实上正如吉勒·拉普热（Gilles Lapouge）（《乌托邦与文明》）所述，萨德身上有些地方令人想起林奈。

首先，萨德也是异于常人的分类狂，热衷分类难以分类的事物。区别在于，萨德的乌托邦是只为保护畸形而存在的乌托邦。他不像林奈，满足于不分青红皂白地将畸形囚禁于同一个范畴。畸形对萨德而言，是酒色之徒、放荡儿、无神论者与倒错者。常以泪洗面的人牲也包含其中。萨德对这些精神上的畸形者们进行收集、分选、检查、定义，并将他们分类。正如同蝙蝠、鲸、鸭嘴兽之于林奈，属、纲、目等一切分类单位都无法适用，萨德与在只有奇怪而恐怖的对象栖居的某个自然里，为寻找秩序而投入激情的疯癫的博物学者相似。

在《索多玛一百二十天》的序章中，萨德对自身的博物学式意图做出了如下说明。

对于多样性，我虽惶恐不安，却想保证绝对准确无误。诸君乍看来并无差异的情欲，在苦心研究下均会呈现出差异。无论是多么细微的差异，都无疑有某种意趣与个性，它会逐一区分出在这部书中列举的逸乐的种类，并赋予它们特征。

对于性爱的多样性，如萨德般进行有意识的探究的姿态素来不被认可，但将萨德这番骄傲的宣言，比作《换身物语》作者的无意识之声，理由也当充分。对此暂且不论，萨德的勃勃野心，是在自然的分类无法成立的地方建立一种分类学。不像林奈一样将"从分类框架中坚持出逃"的浪荡儿们关在笼里，而是从他们的世界中窥见一个体系，博物学者的野心已超越了林奈。那些在与世隔绝的城堡里，被众多男女人牲包围，并扮演着柏拉图共和国里的哲人的浪荡儿们，究竟该如何分类呢？

而在萨德的小说世界里，朱斯蒂娜依旧作为朱斯蒂娜被愚弄，朱丽埃特依旧作为朱丽埃特继续愚弄他人。主人与奴隶、迫害者与牺牲者的范畴之间，交流被强硬地阻断。各个登场人物都被固定在序列里，严格得像蜜蜂的社会。虽说如此，这一序列暗地里却依旧存在着无间断的交流。正如莫里斯·布朗肖（Maurice Blanchot）指出的事实，朱丽埃特与朱斯蒂娜都不过是在积累相同的经历，区别仅在于前者将之视为自己的能量源，而后者则将之视为不幸的瞬间。若说放荡儿施行鞭打与被鞭打，牺牲者同样也在施行鞭打与被鞭打。各个登场人物施行的行为，跨越了他们所处范畴的差异，化为同一的事物。范畴秩序井然，而行为却维系着交流，各个登场人物之间也可以发生角色互换。

我想米歇尔·福柯在《词与物》中用更为简洁的论述，说明了我迄今为止尚未充分说明的内容：

野兽隶属于死亡，同时也以死亡执行人的姿态出现。在动物中潜藏着来自生命本身的难耐消耗。也就是说，动物只因其在自身内部潜藏着反自然的核心，才得以从属于自然。通过将最为隐秘的本质从植物转移给动物，生命脱离了秩序空间，再次成为野生之物。

萨德的乌托邦虽酷似林奈的植物乌托邦，却已超越了它，不如说似乎更接近动物的乌托邦。"《索多玛一百二十天》是《比较解剖学讲义》（动物学学者居维叶[①]的著作）的奢华天鹅绒的反面"，福柯如是巧妙地言说，定是出自这层含义。

阶层虽秩序井然，但在各个方面，都上演着奇妙的动态交流与逆转，这大概是萨德的乌托邦偏离植物性乌托邦的最大特征。比如，在萨德小说中登场的放荡儿们，乍看似乎都在享受着全能的至高权力，可果真如此吗？他们几乎无法通过自由意志或是趣味来进行选择。一旦选择了放荡儿的立场，他们便不得不无差别且平等地爱好全部恶德。这是萨德世界的铁则。这种狂热的态度，在事实上是距离狂热者（比如恋臀癖者和恋足癖者）最为遥远的态度。他一直有一个力图实现的恶德计划，绝不挑三拣四，不得不从一种恶德跳转到另一种恶德中。每一种恶德都不过是这个力图实现的计划中的一环，是所有恶德形成的闭合回路中的一个过程。这几乎与永动无异。

还存在其他交流与逆转。比如鸡奸（sodomie）这一非

---

① 乔治·居维叶（Georges Cuvier，1769—1832），法国博物学家、比较解剖学家、动物学家，被称为"古生物学之父"。

自然法性行为。它与萨德世界里对死的赞美组成一对，是对繁殖根深蒂固的厌恶酿成的结果。萨德式的世界里充溢着死亡，却没有受孕与生产的预兆。娈奸首先便是这样的世界的象征。萨德在恶德之间不设嗜好，而令他不惜打破这项规则而为之执着的，便是娈奸这一种恶德。无须赘述，它会带来享乐与繁殖完全分离的优点，显然还不仅如此。实施非自然法性行为的部位两性并无差别。就像必须无差别且平等地爱好恶德那般，萨德世界的放荡儿们实质上也废止了性差异。

在此，植物原始的性幻想再次在我们的眼前展开，比起乌托邦的安逸，这部烙印了近代之恶的《换身物语》，毋宁说更为浓烈地反映了历史的反讽。

＊ ＊ ＊

为了林奈的名誉，我需要在此补充说明，他并非穷尽一生都顽固地相信种的不变性。

1742年，他的一位学生，从乌普萨拉采集到一种珍奇的柳穿鱼（*Linaria vulgaris*，海兰的一种）标本。茎与叶都和普通的柳穿鱼别无二致，只有花与生殖器官不同，林奈兴奋不已，将其命名为 peloria（反常整齐花）。Peloria 在希腊语中意为"畸形"。不久后大量的 peloria 被发现，peloria 之父和 peloria 之子均为 peloria。如此看来，畸形便不再是畸形，而不过是名为畸形的新品种。古人相信黑麦变成大麦、大麦变成燕麦、燕麦又变成小麦，从柳穿鱼变成 peloria 的变化，是比前者更令人目眩的现象，林奈想必为自己的发现感到沾沾自喜。

后记

　　纹章学，或许是生僻的词语。我期待我的思考随着笔杆一同运动，能在抽象的虚空中绘出一个形体。就如同内部设有镜子的玩具万花筒，思考的轨迹千变万化，我期待能够绘出无益、无责任感又美丽的纹章。然而期待终归只是期待，我不知道自己是否成功做到。这点实在惹人怀疑。

　　再者，我非常喜爱法国16世纪名为blason（有纹章之意）的诗，书名故而效仿之。**BLASON DES PENSÉES** 意为"思考的纹章学"，同时也是"三色堇之赋"的意思。

　　此前我一直在写欧洲，而在这本书里，提及了若干日本文学。但对我而言，二者没有区别。我想读过这本书的读者也会懂得。

　　这十二篇文章，从昭和五十年十月至五十一年九月 [①]，在杂志《文艺》上连载了一整年。其中两篇更改了连载时的题目。还需声明的是，在筹划单行本时，我对每篇文章

---

　　①　1975年10月至1976年9月。

都做了一些修改。在连载和筹划单行本时，分别承蒙樱井精一先生和西村久仁子女士的关照，在此表示感谢。

昭和五十二年 ① 三月

涩泽龙彦

---

① 1977年。

文库版后记

　　于1977年刊行的拙著《思考的纹章学》，是刚好介于三年前刊行的《胡桃中的世界》，及四年后刊行的《唐草物语》之间的作品。也可以将其当作从博物志风格的随笔向短篇虚构小说转化中，一部过渡性作品。我开始执笔虚构作品是在70年代的最后一年，而在这部《思考的纹章学》中，我想可以辨认出几株观念的萌芽，它们最终绽放出虚构之花。

　　另外，这部《思考的纹章学》，也是我首次以日本古典为题材的随笔作品。在此之前我一直朝向欧洲的目光，跟随着这部作品一并转向了日本。从这层意义上说，这部作品也是一个转捩点。

　　在单行本初版的后记里，我这样写道：

　　"纹章学，或许是生僻的词语。我期待我的思考随着笔杆一同运动，能在抽象的虚空中绘出一个形体。就如同内部设有镜子的玩具万花筒，思考的轨迹千变万化，我期待能够绘出无益、无责任感又美丽的纹章。然而期待终归只是期待，我不知道自己是否成功做到。"

　　十二篇文章最初连载于杂志《文艺》，从昭和五十年十月至五十一年九月，连载了一整年。单行本于昭和五十二年五月由河出书房新社刊行，并收录于昭和五十五年①由白水社出版的《BIBLIOTHECA 涩泽龙彦》第六卷。

昭和六十年②九月

涩泽龙彦

①　1980年。
②　1985年。